KB121449

아들아 소중한 네 인생 지혜롭게 살아라

아들아 소중한 네 인생 지혜롭게 살아라

초판 1쇄 인쇄 2020년 01월 10일
초판 2쇄 발행 2021년 10월 10일

지은이 | 필립 체스터 필드
옮긴이 | 김은주
펴낸이 | 이현순

펴낸곳 | 백만문화사
출판신고 | 2001년 10월 5일 제2013 000126호
주소 | 서울시 마포구 독막로 28길 34(신수동)
Tel | 02)325 5176 Fax | 02)323 7633
전자우편 | bmbooks@naver.com
홈페이지 | http://www.bm-books.com

Translation Copyright© 2021 by BAEKMAN Publishing Co.
Printed & Manufactured in Seoul, Korea

ISBN 979 11 89272 18 0 (03840)
값 14,000원

Lord Chesterfild's letter to his son

아들아,
소중한 네 인생
지혜롭게 살아라

필립체스터 필드 지음 | 김은주 옮김

백만문화사

차례

| 차례 |

제 1 장

사랑하는 아들에게
지금 어떻게 사느냐가 네 인생을 결정한다

❝ 내가 성인이 되기까지 좋은 스승과 좋은 친구를 만나 여러 가지 은혜를 입었지만, 그 누구에게서보다도 아버지를 통해 체험한 사랑과 교훈, 그리고 그것을 실천하는 것은 얼마나 훌륭했던가! **❞**

벨푸어(*balfour* 영국의 정치가 *1848~1930*)

지금이 네 인생의
기반을 마련할 시기

네가 세상을 살아가는 데 있어서 무엇보다도 명심해주기를 바라는 것이 있다. 그것은 다름 아닌 시간의 소중함을 알고, 그것을 현명하게 사용해야만 한다는 사실이다. 하지만 수많은 사람들 중에서 시간의 중요함을 진심으로 느끼고 있는 사람은 거의 없는 듯하다.

그러면서도 그들은 근엄한 표정을 지으며 '시간은 참으로 귀중하다' 또는 '세월이란 눈 깜짝할 사이에 스쳐 지나가 버린다'는 등 입에 발린 말들을 하고 있다. 우리들 주위에는 이처럼 시간에 관한 격언이 산더미같이 많다. 그것들을 적당히 추려 입에 올리기란 그리 어려운 일이 아니다.

사람들이 시간에 대해 깊은 관심을 갖게 된 원인 중에 상당 부분이 아마도 곳곳에 설치되어 있는 멋진 모양새를 가진 해시계 때문이 아닐까 생각된다. 날마다 많은 사람들이 그것을 보며 시간을 잘 이용하는 일이 얼마나 중요하며, 한번 지나가 버린 시간을 되찾기란 얼마나 어려운가를 체험했을 테니까 말이다.

하지만 그러한 교훈이 단지 이해하는 수준에서 그친다면 그것은 매우 애석한 일이다. 즉 이를 몸소 실천하고 있지 않다면, 정말로 시간의 가치를 이해하고 소중히 다루고 있다고는 말하기 어렵다. 어쨌거나 너는 시간의 귀중함을 잘 알고 있으리라 믿는다.

그것은 매우 중요한 사항이다. 어떻게 인식하고 있느냐에 따라서 앞으로 너의 인생은 하늘과 땅의 차이가 되기 때문이다. 그렇다고 해서 네가 하는 시간의 운용에 관해서 미주알고주알 간섭하려는 것은 아니다. 그러나 이제부터 너의 기나긴 일생 중에 한 부분이 될 시기 즉 앞으로 수년간의 일이 되겠지만 그 기간에 관해서 이야기를 해주고 싶다.

먼저 18세가 되기까지는 지식의 토대를 마련하는 시기라고 할 수 있다. 만약 그렇게 하지 못할 경우, 그 이후의 인생을 네가 의도한 대로 살아가기란 쉽지 않을 수도 있다. 왜냐하면 지식은 인생이 황혼기를 맞이할 무렵에는 아늑한 휴양지를 제공해 주기 때문이다.

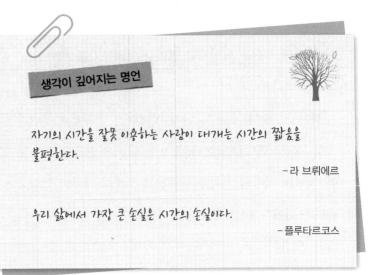

생각이 깊어지는 명언

자기의 시간을 잘못 이용하는 사람이 대개는 시간의 짧음을 불평한다.

-라 브뤼에르

우리 삶에서 가장 큰 손실은 시간의 손실이다.

-플루타르코스

지금 시간을 낭비하면 크게 후회한다

나는 가능한 한 은퇴한 후에도 책에 둘러싸여, 그것들과 더불어 살아갈 생각이다. 지금 내가 이렇게 타인들의 특별한 간섭 없이 독서의 즐거움을 만끽할 수 있는 것은 분명히 내가 네 나이였을 무렵에 열심히 공부한 덕택이라고 생각한다. 아무튼 지금 내가 이렇게 한가한 기분으로 독서를 하면서도 편안한 안식을 얻을 수 있는 것은 커다란 행복이다.

따라서 젊었을 때 어느 정도 지식을 축적해 둔 행동은 매우 잘한 일이었다는 자부심이 생긴다. 그렇다고 해서 놀지 않았다는 뜻은 아니다. 논다는 것은 삶에 흥미를 더해 주며 젊은이들의 즐거움이 되기도 한다. 나도 젊었을 때는 마음껏 즐기며 놀았다. 그렇지 않았더라면 지금쯤 논다는 것에 대해서 과소평가하고 있을 것임에 틀림없다. 인간은 자신이 모르는 일에 특별한 흥미를 갖게 되기 때문이다.

그러나 다행히도 나는 충분할 만큼 놀았기 때문에 논다는 것이 무엇인지를 잘 알고 있다. 또한 나는 결코 일하는 데 보냈던 시간이 헛되다고 생각하지 않는다. 실제로 일을 해보지 않고 멀리서 바라보기만 하는 사람은 그것이 굉장할 것이라는 생각이 들어 자신도 한 번쯤 해보고 싶은 욕망이 솟구치기도 한다. 하지만 사실 모든 것이 그런 것은 아니다. 그것은 실제로 경험해 본 사람이 아니면 모른다.

다행히도 나는 일을 할 때나 놀 때도 최선을 다했다. 옆에서 지켜보던 사람들이 경탄의 함성을 지를 만큼 열심이었다. 그러므로 후회하기는커녕 오히려 잘했다는 생각이 든다. 하지만 지금 내가 후회하는 것이 오직 하나 있다. 그것은 지금까지 살아오면서 아무것도 하지 않은 채 그저 의미 없이 흘려보낸 자투리 시간들이다.

지금부터 몇 년 동안은 너의 인생에 있어 매우 중요한 시기이다. 이 시기를 의미 있게 보내기를 진심으로 바란다. 만약 지금 네가 아무 일도 하지 않고 지낸다면 그만큼 지식의 축적이 빈약하고 인격 형성에도 매우 큰 손실을 가져올 것이다.

그러나 앞으로의 몇 년을 효과적으로 이용한다면 그러한 시간들에 엄청난 이자가 붙어 너에게 되돌아올 것이다. 당분간 너는 면학을 위한 기초를 닦아야 한다. 일단 기초를 확고하게 다져 놓으면, 그 다음은 언제든지 원하는 시기에 원하는 만큼의 지식을 덧칠해 갈 수 있다.

그렇지 않고 절박하게 필요한 시기가 되어서 면학의 기초를 다지려고 하면 그 때는 이미 늦어버렸다는 후회부터 하게 되기가 쉽다. 또한 젊었을 때 기초를 닦아 놓지 않은 채 나이가 들면 매력이라고는 찾아볼 수 없는 사람이 되어 버리고 만다. 나는 네가 일단 사회에 나가게 되면 억지로 시간을 내어 책을 읽으라고 말하지는 않겠다.

무엇보다도 그럴 심리적인 여유가 없음을 알기 때문이다. 설령 여유가 생긴다 하더라도 그 때는 이미 책만 읽고 있을 한

가한 신분이 아닌 까닭이다. 그러므로 네 인생에 있어서 지금

이야말로 유일한 면학의 시기, 이를테면 다른 어떤 사람의 방

해도 받지 않고 마음껏 지식을 축적할 수 있는 시기이다.

하지만 너도 가끔은 책을 붙들고 앉아 있는 것이 지겨울 때

가 있으리라 생각된다. 그럴 때면 이렇게 생각해야 한다. '이것

은 언젠가 한 번은 꼭 통과해야 하는 길, 한 시간이라도 더 버

티면 그 만큼 빨리 자유로워질 수 있는 것이다'. 좀더 빨리 자

유롭게 될 수 있는가 없는가는 오직 지금의 시간을 어떻게 활

용하느냐에 달려 있다.

생각이 깊어지는 명언

평범한 사람들은 단지 '어떻게 시간을 소비할까' 하고 생각하지만,
지성인은 그 시간을 '어떻게 사용할까' 하고 노력한다.

— 쇼펜하우어

훈련된 두뇌와
그렇지 못한 두뇌는 차이가 있다

　네 나이의 건강은 조금만 절제를 하면 특별히 주의하지 않아도 충분히 유지될 수 있다. 그러나 두뇌는 그렇지 않다. 따라서 네 나이에는 평상시 절제하는 마음가짐이 필요하다. 때로는 두뇌를 쉬게 하는 등의 물리적인 방법도 필요하다. 지금의 이 몇 분을 효과적으로 사용하느냐 못 하느냐가 요점이며, 그것은 장래의 두뇌 활동에도 큰 영향을 미치게 된다.

　그것뿐이 아니다. 두뇌를 명석하고 건강한 상태로 유지하기 위해서는 각고의 훈련이 필요하다. 훈련된 두뇌와 그렇지 못한 두뇌를 비교해 보면 확연한 차이가 있다. 너도 두뇌를 훈련하기 위해서 아무리 많은 시간과 노력을 투자해도 지나치지 않다는 생각을 갖고 있을 것이다.

물론 때로는 특별한 훈련을 하지 않았는데도 자연적으로 천재가 되는 경우도 있다. 하지만 그런 경우는 그다지 흔한 일이 아니다. 막연하게 그것을 기대하고 기다릴 수는 없다. 더구나 그런 천재가 좀더 효과적인 훈련을 받는다면 그만큼 더 총명하게 될 것은 자명한 일이다.

그러므로 좀더 늦기 전에 충분한 지식을 쌓아두는 노력을 게으르게 하지 말아야 한다. 그렇게 할 수 없다면 너는 목표하는 것의 성취는 고사하고 평범한 인간도 되기 어려울 것이다.

네 입장을 생각해 보라. 네게는 성공의 발판이 될 지위나 재산이 없다. 나도 언제까지 너를 도울 수 있을지 모른다. 그렇다면 너는 무엇에 의지하겠느냐? 무엇을 기대하겠느냐? 너 스스로의 힘 이외에는 아무것도 기댈 데가 없다. 스스로의 능력만이 출세의 유일한 길잡이가 되어주며, 또한 그렇게 되지 않으면 안 된다.

가끔 자기는 뛰어난 사람인데 인정을 받지 못했다든지 보답을 받지 못했다는 말을 듣게 된다. 그러나 그것은 내가 알고 있는 한 거의가 사실과는 다른 주장이었다. 반드시라고 말해도 좋을 만큼, 어떠한 어려움이 있더라도 뛰어난 사람은 분명히 성공을 거두게 된다.

생각이 깊어지는 명언

지구상에는 인간 이외에 더 위대한 것이 없다. 인간에게는 지성 이외에 더 훌륭한 것이 없다.

– W. 헤밀튼 경

행동은 지식이나 식견의 자기 노출이다

여기에서 내가 뛰어나다고 말하는 것은 지식과 식견이 있고, 생활태도 역시 훌륭한 사람들을 일컫는다. 식견이 얼마나 중요한지는 새삼스럽게 강조할 필요가 없을 것이다. 굳이 한마디 하자면 넓은 식견을 갖지 못한 사람은 결국 쓸쓸한 인생을 살아가게 된다는 사실이다. 지식 또한 마찬가지이다. 자신이 무엇을 인생의 목표로 설정하든 반드시 몸에 익혀 두지 않으면 안 되는 요소이다.

행동은 지금 열거한 지식이나 식견이 밖으로 노출되어지는 자신의 표현이다. 따라서 그것 역시 중요하다고 말할 수 있다. 행동은 어떤 목표를 달성하는 데 있어 도움이 되기도 하고 방해가 되기도 한다. 그리고 사람의 마음을 강하게 잡아끌거나 소원하게 하는 것은 지식이나 식견이 아니라 바로 그 사람의 행동에 달렸다. 내가 기회 있을 때마다 강조했던 얘기들, 그리고 앞으로 써서 보내는 사연들에 부디 진지하게 귀를 기울여 주었으면 한다.

그것들은 오랜 경험 끝에 내가 얻어 낸 지혜의 결정이며 너에 대한 애정의 증거이기도 하다.

너는 아직 어리기 때문에 내가 네 앞날을 생각하고 장래를 진지하게 생각해 보지 않았을 수도 있다. 따라서 지금의 내 충고가 너에게 어떤 도움이 될는지는 모르겠지만, 내가 하는 이야기에 귀를 기울여 주기 바란다. 그렇게 하면 언젠가는 나의 충고가 쓸데없는 말이 아님을 깨닫게 되는 날이 올 것이다.

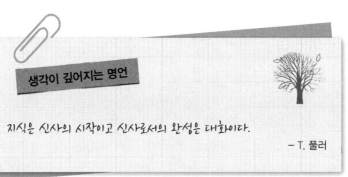

생각이 깊어지는 명언

지식은 신사의 시작이고 신사로서의 완성은 대화이다.

— T. 풀러

제 2 장

그릇을 보다 크게 하는 삶의 방법
남과 똑같이 해서는 발전할 수 없다.
큰 이상에 의지의 힘과 집중력을 쏟아라.

" 아이에게는 비평보다 모범이 필요하다. **"**

쥬베르(joubert 프랑스의 도덕가 1754~1824)

누구나 노력하면
목표를 이룰 수 있다

나태라는 것에 관련해서 너에게 꼭 말해 두고 싶은 것이 있다. 네가 알고 있는 바와 같이 아버지의 애정은 연약한 어머니의 애정과는 사뭇 다르다. 즉 나는 내 자식의 결점을 보고 시선을 돌리는 따위의 짓은 하지 않는다. 그것이 아버지인 나의 의무이며 특권이라고 생각하기 때문이다.

다행히도 지금까지 내가 보아 온 범위에서는 너는 성격이나 재능 면에서 특별한 문제점이 발견되지 않았다. 다만 약간 나태하다는 점과 주의력이 없다는 점, 그리고 무관심한 태도 등이 마음에 걸린다. 그러한 것들은 신체나 정신이 쇠약해진 노인도 아닌 너 같은 젊은이에게는 결코 허용될 수 없는 일이다.

젊은이는 다른 사람보다 앞서기 위하여 그리고 다른 사람보다 현명해지기 위하여 노력하지 않으면 안 된다. 무엇이든 민첩하고 적극적으로 끈기 있게 행동해야 한다. 시저(Caesar 로마의 정치가 100~44 B.C)는 '훌륭한 행동이 아니면 행동이라고 말할 수 없다.'고 했다.

네게는 용솟음치는 활력이 다소 부족한 것 같다. 활력은 주위에 있는 사람들을 즐겁게 만들어 주며 다른 사람보다 앞서고 두드러지기 위해 노력하는 원동력이 된다. 미리 말해두는 것이지만, 존경받을 만큼 가치가 있는 사람이 되기를 바란다면, 먼저 그렇게 되기 위한 노력을 필요로 한다. 그러한 노력을 기울이지 않은 채 존경받기를 바란다는 것은 어리석은 일이기 때문이다. 이것은 진실이다. 다른 사람을 즐겁게 하기 위하여 네가 마음을 기울이지 않는다면 결코 너는 남을 즐겁게 해줄 수 없다.

나는 사람이란 누구나 자신이 되고자 하는 목표를 이룰 수 있다고 믿는다. 자기 능력을 개발하고 집중력을 기르면, 즉 끊임없는 노력을 하면 누구든지 원하는 바를 이룰 수 있다. 너는 장차 급변하는 거대한 사회의 일원이 될 것이다. 네가 사회에서 성공하기 위하여 지금 해야 할 일은 무엇일까? 그것은 세계 각국의 정치 정세, 각국간의 이해 관계, 경제 상태, 역사, 관습 등에 관한 다양한 지식을 갖추는 일이다. 이는 노력을 기울이기만 한다면 어렵지 않게 능히 할 수 있는 일들이다. 자신이 무엇을 해야 할지를 알고 있으면서도 그것을 하지 않는 태도는 무슨 말로도 변명할 여지가 없다. 이것은 바로 나태이기 때문이다.

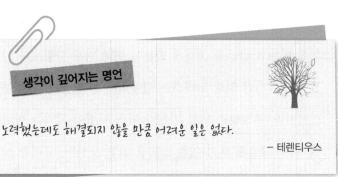

생각이 깊어지는 명언

노력했는데도 해결되지 않을 만큼 어려운 일은 없다.

– 테렌티우스

불가능한 일이란 그다지 많지 않다

나태한 사람은 모든 일을 끝까지 하려 하지 않는다. 조금이라도 어렵거나 귀찮다고 생각되면 끝까지 배우려 하지 않고 (대부분 터득하거나 몸에 익힐 만한 가치가 있는 것은 다소의 어려움, 또는 장애가 있기 마련이다.) 겉핥기에 불과한 지식을 얻는 데 만족해 버린다. 말하자면 조금 더 참고 어려움을 견디어내느니 차라리 바보로 모르는 채 사는 것이 낫다고 생각해 버린다.

이런 사람들은 모든 일에 있어 불가능부터 생각하고, 불가능하다는 전제하에서 시작한다. 진지하게 분석해 보면 사실상 불가능한 일이란 그다지 많지 않은데도 사람들은 그렇게 생각하는 경향이 있다. 이런 사람들에게는 단지 어려운 일이 곧 불가능한 일이 되어 버린다. 자신의 나태를 변명하기 위하여 그렇게 생각해 버리기 때문이다.

그들에게는 한 가지 일에 대해서 한 시간 동안 집중하는 것도 고통이다. 그러므로 무슨 일이든 처음에 이해한 대로 해석한다. 결코 다각적인 면에서 생각하려 하지 않는다. 즉 깊이 생각하지 않는 것이다. 이런 사람은 통찰력이나 집중력을 모두 갖춘 사람과 만나게 되면, 금세 무지와 태만이 백일하에 드러나게 된다. 따라서 맨 처음의 시도에서, 귀찮다는 생각이 들더라도 포기해서는 안 된다.

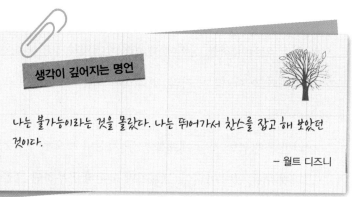

생각이 깊어지는 명언

나는 불가능이라는 것을 몰랐다. 나는 뛰어가서 찬스를 잡고 해 보았던 것이다.

— 월트 디즈니

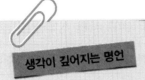

생각이 깊어지는 명언

불가능이란 낱말은 행운의 단어가 아니다. 이 말을 자주 입 밖에 내는
자들한테는 바람직한 결과가 생기지 않기 때문이다.

－ T. 칼라일

**전문 분야가 아니더라도 다양한 상식을 갖는 것은 중요
하다**

지식 중에는 어떤 특정한 직업을 가진 사람에게는 필요하지
만 그 밖의 사람에게는 거의 필요치 않은 것도 있다. 이를테면
항해학(航海學) 같은 전문지식은 일상생활 중에 화제로 오르면
어느 정도의 표면적이고 일반적인 지식만 있어도 충분하다.

그러나 어떤 직업을 가졌느냐를 막론하고 모두가 공통적
으로 알고 있어야 하는 상식에 대해서는 철저하게 알아두어
야 유리하다. 어학, 역사, 지리, 철학, 논리학, 수사학 등이 그
런 분야이다.

이러한 광범위한 지식 체계를 모두 자신의 것으로 만들기
는 그다지 쉬운 일이 아니다. 그렇지만 꾸준히 공부하면 그 노

력이 결국은 몇 배의 보답을 가져다준다.

다시 한 번 강조하지만 너는 어리석은 사람들이 곧잘 입에 담는 '그런 일은 할 수 없다.'는 변명은 사용하지 않길 바란다. 정신적으로나 신체적으로 불가능한 일이란 없다. '한 가지 일에 집중할 수 없다.'는 말은 '나는 바보입니다.'고 말하는 것과 같다.

내가 알고 있는 사람 중에 자신의 칼을 어떻게 소지해야 할지를 모르는 사람이 있었다. 그래서 그는 식사를 할 때마다 칼을 풀어놓곤 했다. 칼을 찬 채로는 도저히 식사를 할 수 없다는 것이 그의 생각이었다. 그래서 나는 그에게 이렇게 말했다.

"칼을 풀어놓는 행위는 식사 중에 그 누구에게도 위험한 일이 일어나지 않는다고 당신이 보증한다는 것을 의미합니다."

아무튼 다른 모든 사람들이 태연하게 하고 있는 일을 '불가능하다'고 말하는 것은 정말로 부끄럽고 어리석은 일이다.

작은 일도 소중히 여기는 사람은
분명히 성공한다

세상에는 사소한 일로 일 년 내내 바쁘게 움직이는 사람들이 있다. 그들은 무엇이 중요하고, 무엇이 중요하지 않은지를 모른다. 따라서 보다 중요한 일에 할당해야 할 시간과 노력을 사소한 일에 소비해 버리는 것이다. 이런 사람은 누군가를 만나서 이야기할 때도 입고 있는 복장에 마음을 빼앗겨, 상대의 인격이나 성품은 전혀 파악하지 못한다. 연극을 보러 가더라도 그 내용보다는 외부 장식에 관심을 둔다. 정치에 대해서도 정책을 가지고 운운하기보다 형식에 사로잡혀 버린다. 이렇게 해서는 아무것도 할 수가 없다.

그런데 똑같이 하찮은 일이라도, 그것이 없으면 호감을 살

수도 없고 사람을 즐겁게 할 수도 없는 것이 있다. 이런 것은 훌륭한 사람이 되기 위하여 지식이나 식견을 넓히고, 훌륭한 태도를 몸에 익히려고 노력하는 것과 마찬가지로 아무리 사소한 것이라도 노력하여 몸에 익히는 것이 좋다. 조금이라도 해볼 만한 가치가 있다고 생각되는 것은 성취하라. 그리고 멋지고 훌륭하게 성취하기 위해서는 무엇보다 먼저 그것에 집중하지 않으면 안 된다. 복장에 관해서도 마찬가지이다. 모든 사람은 옷을 입지 않으면 안 된다. 이왕이면 좀더 단정하고 깔끔하게 입는 것이 좋다.

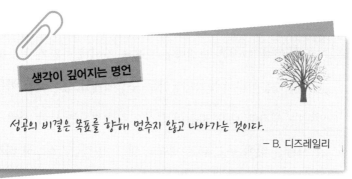

생각이 깊어지는 명언

성공의 비결은 목표를 향해 멈추지 않고 나아가는 것이다.

— B. 디즈레일리

한 가지 일에만 정신을 집중하라

일반적으로 주위가 산만하다는 평을 듣는 사람은 대부분 마음이 다른 곳에 가 있다. 그런 사람은 어떤 자리에 어울려도 즐겹지 않을 것임에 틀림없다. 그러한 사람은 모든 면에서 예의에 벗어난 행동을 하곤 한다. 이를테면 어제까지는 다정하게 지냈던 사람에게 오늘은 모르는 체 얼굴을 돌린다거나, 갑자기 엉뚱한 이야기로 남의 대화에 끼어들곤 한다. 이러한 현상은 한 가지 일에 정신을 집중시키지 못하는 증거이거나 또는 다른 일에 마음을 빼앗기고 있다고 생각할 수밖에 없다.

천지창조 때부터 오늘날에 이르기까지 수많은 천재들은 주위에 아무리 많은 사람이 있어도 사색에 몰두할 수 있는 집중력을 갖춘 사람들이었다.

주의가 산만한 사람만큼 곁에 있는 이를 불쾌하게 만드는 사람은 없다. 그것은 상대방을 모욕한 것이나 마찬가지의 행동이기 때문이다. 이러한 행위는 누구에게나 용서받기 힘든 일이다. 생각해 보라. 자신이 진정으로 존경하는 사람, 사랑하는 사람을 앞에 두고 다른 생각을 할 수 있겠는가? 그럴 리가 없다. 요컨대 어떠한 사람이라도 주목할 만한 가치가 있다고 생각되는 사람 앞에서는 정신을 집중할 수밖에 없다.

나는 마음이 다른 곳에 가 있는 사람과 함께 있기보다는 차라리 죽은 사람과 함께 있는 편이 낫다고 생각한다. 적어도 죽은 사람은 나를 바보로 취급하지 않기 때문이다. 그러나 함께 있으면서도 마음은 다른 곳에 가 있는 사람은 나에게 주목할 만한 가치가 없는 인간임을 단언하고 있는 듯해서 나를 불쾌하게 만든다.

가령 그러한 태도가 용납된다 하더라도 정신이 산만한 사람이 과연 함께 있는 사람의 인격이나 태도를 정확히 관찰할 수 있겠는가, 그런 사람은 설령 평생 동안 훌륭한 사람들에게 둘러싸여 있다 하더라도 무엇 하나 얻지 못한 채 그대로 생을 마감하게 될 것이다. 그리고 현재 해야 할 일, 하고 있는 일에 정신을 집중시키지 못하는 사람은 훌륭한 일을 할 수도 없을 뿐더러 좋은 말벗도 되기 힘들다.

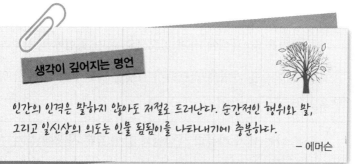

생각이 깊어지는 명언

인간의 인격은 말하지 않아도 저절로 드러난다. 순간적인 행위와 말, 그리고 일신상의 의도는 인물 됨됨이를 나타내기에 충분하다.
— 에머슨

깊은 사색에 잠기더라도 주위가 산만하게 되어서는 안 된다

아버지는 네 교육을 위해서 돈을 아낄 생각은 전혀 없지만 그렇다고 해서 너를 위해 주의를 주는 사람을 고용할 생각 또한 없다. 그것에 관해서 라면 너도 조나단 스위프트(Jonathan Swift 1667~1745)가 쓴 '걸리버 여행기'를 통해 알고 있으리라 믿는다.

걸리버에 의하면 라퓨타 사람들 가운데 언제나 깊은 사색에 잠겨 있는 사람들이 있는데, 그들은 주의를 주는 사람이 발성 기관이나 청각 기관을 직접 건드려 주지 않으면 말할 수도 없고 들을 수도 없다고 한다. 그래서 생활에 여유가 있는 집에서는 하인을 고용해 발성 기관과 청각 기관을 건드리도록 시켰다.

그들은 주의를 주는 사람 없이는 외출을 할 수도, 다른 집을 방문하는 것도 불가능하며, 더구나 산책을 할 수도 없다. 왜냐하면 그들은 늘 사색에 잠겨 있으므로 어떤 위험에 봉착하게 될 때 눈꺼풀을 가볍게 건드려서 그것을 알려주지 않으면, 위험을 인식할 수가 없다.

물론 나는 네가 라퓨타 사람들과 같이 깊은 사색에 잠겨 주위가 산만하게 되리라고는 생각하지 않는다. 네 경우에는 오히려 머리가 텅 비워져 있는 편이긴 하지만, 그렇다고 해서 너무나 신경을 쓴 나머지 주의를 주는 사람이 필요할 지경이 되지 않도록 조심해야 한다.

자존심은 어느 누구도
너와 똑같이 가지고 있다

구태여 주의 주는 사람까지 동원할 정도는 아니지만 네가
주변 사람들에 대하여 주의력이 부족한 것은 사실이다. 그것
은 네가 그 사람들을 바보로 취급하고 있는 셈이다. 앞서 언급
했던 이야기이지만 세상에 바보 취급을 당해도 좋다고 생각하
는 사람은 아무도 없다.

물론 이 세상에는 많은 부류의 사람이 있다. 그 중에는 어리
석은 사람도 있고, 변변치 못한 사람도 많이 있을 것이다. 그러
한 사람들을 억지로 존경하라는 뜻은 아니다.

그러나 바보 취급을 하라는 것은 더더욱 아니다. 만약 드러
내 놓고 그들을 바보 취급한다면 오히려 네가 더 철저한 바보

가 될 뿐이다. 마음속으로 상대방을 싫어하는 것은 자유일지라도, 그러한 마음을 겉으로 드러낼 필요는 없다. 그것은 비겁한 일이 아니다. 오히려 때에 따라서는 현명한 태도라고 할 수 있다.

왜냐하면 별로 호감이 가지 않는 사람들이라 하더라도 언젠가 너에게 도움이 되어 줄 때가 올지도 모르기 때문이다. 그럴 때, 네가 단 한 번이라도 그 사람을 바보 취급한 경험이 있었다면 상대방은 너에게 도움을 주지 않으려 할 것이다. 나쁜 짓은 용서받을 수 있지만, 모욕은 용서받을 수 있는 것이 아니다.

모든 사람에게는 자존심이라는 것이 있어서, 그 자존심은 언제까지나 바보 취급당했던 일을 기억하고 있다.

바보 취급을 당한다는 것은 자신이 저지른 실수나 죄 이상으로 숨겨두고 싶은 약점이나 결점을 일부러 자극하는 것과 같은 결과를 초래할 수 있다. 이것은 참을 수 없는 일이다. 실제로 아무리 친한 친구 사이일지라도 자신의 약점이나 결점을 말하는 사람은 거의 없다.

그와 마찬가지로 잘못을 지적해 주는 친구는 있어도, 약점을 고의로 자극하는 친구는 없다. 그런 행동이 자존심을 크게 손상시킨다는 사실을 알고 있기 때문이다.

아무리 어리석은 사람이라 하더라도 모욕을 당하게 되면 그것에 분개할 만큼의 자존심은 가지고 있다. 그러므로 모욕이란 바로 평생의 원수를 만드는 가장 확실한 방법이다. 따라서 모욕을 받을 만한 사람일지라도 그것을 겉으로 나타내서는 절대로 안 된다.

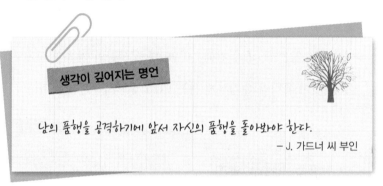

생각이 깊어지는 명언

남의 품행을 공격하기에 앞서 자신의 품행을 돌아봐야 한다.
— J. 가드너 씨 부인

우월감에서 나온 말 한마디가 평생의 적을 만든다

요즈음 젊은이들 가운데는 우월감을 나타내고 싶거나, 혹은 주위 사람들을 즐겁게 해주기 위하여 다른 사람의 약점이나 단점을 폭로하는 경우가 종종 있다. 그러나 그런 일은 절대로 하지 말아야 한다. 또한 그러한 유혹을 이겨내야 한다. 만약 그런 짓을 하게 될 경우, 그 순간은 주위 사람들을 즐겁게 해 줄지 모른다.

그러나 그런 일로 인해서 너는 평생의 적을 가지게 된다. 게다가 그 때는 너와 함께 웃었던 친구들도 나중에는 그 일을 떠올리며 결코 좋은 감정을 나타내지 않게 된다. 그래서 결국 그들로부터 따돌림을 받게 될 것이다. 그뿐만이 아니다. 그런 짓을 한다는 것은 자신의 품위를 떨어뜨리는 일이다. 마음이 바른 사람이라면 다른 사람의 약점을 그렇게 공개적으로 떠들어대지는 않는다. 네가 지혜롭다면, 다른 사람의 가슴에 상처를 줄 것이 아니라 유쾌하게 하는 데 그것을 사용하기 바란다.

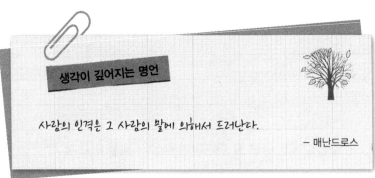

생각이 깊어지는 명언

사람의 인격은 그 사람의 말에 의해서 드러난다.

— 매난드로스

자신의 가치관만으로 판단하지 말라

네가 보낸 편지는 잘 받았다. 네가 로마 가톨릭 교회에 대해 어리석게 꾸며 낸 이야기를 듣고, 또 그것을 열심히 믿고 있는 신도들을 보고 놀랐다니 그 기분은 이해할 만하다. 그렇지만 아무리 잘못된 것이라고 생각되더라도 본인들이 진심으로 그렇게 믿고 있는 한 결코 웃거나 책망해서는 안 된다.

판단이 흐려져 사물을 제대로 보지 못하는 이들은 불행한 사람들이다. 그러나 그들이 특별히 웃음거리가 될 만한 일이나 책망을 받을 만한 일을 해서 그렇게 된 것은 아니다. 그러므로 언제나 상냥한 마음으로 대하고, 가능한 한 서로 대화를 통해 올바른 방향으로 인도해 주는 마음가짐이 중요하다.

모든 사람은 제각기 자신의 판단에 따라서 행동한다. 따라서 다른 사람들의 의사가 자신의 의사와 일치해야 한다고 생각하는 것은 상대의 체형이 자기와 똑같아야 한다고 주장하는 것과 마찬가지이므로 매우 교만한 생각이 아닐 수 없다.

사람은 제각기 자신이 옳다고 생각하며 그렇게 믿고 살아가고 있다. 그러나 누가 정말로 옳고 그른지는 상당한 시간이 흘러야 비로소 자연스럽게 밝혀지는 것이다.

그러므로 다른 사람의 생각이 자신의 생각과 다르다고 해서 남을 바보 취급하는 것은 어리석은 일이다. 그리고 자신이 믿고 있는 것과 다르다고 해서 타인의 종교를 이교도 취급하는 것 또한 현명한 일이 아니다. 인간은 자신이 생각한 그대로 생각하고 믿는 그대로만 믿으려고 하는 생명체이다. 따라서 질책을 받아야 할 사람은 고의로 거짓말을 하거나 이야기를 날조한 사람이다. 그것을 믿는 사람은 결코 잘못이 없다.

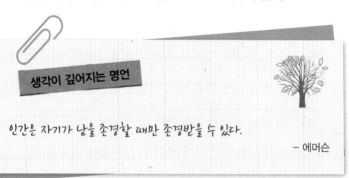

생각이 깊어지는 명언

인간은 자기가 남을 존경할 때만 존경받을 수 있다.

- 에머슨

거짓말은 언제나 들통이 나기 마련이다

거짓말을 하는 것만큼 죄가 무겁고, 비겁하고 어리석은 행동은 없다. 대체로 거짓말은 적대시하는 마음이나 비겁함 또는 허영심에서 비롯된다. 그런데 그 어느 경우라도 목적이 달성되는 일은 거의 없다.

아무리 감쪽같이 속였다 해도 거짓말은 얼마 안 있어 금방 들통이 나기 때문이다.

예를 들어, 누군가의 행운이나 인덕을 시샘하여 거짓말을 했다고 가정하자. 어쩌면 얼마 동안은 확실히 상대에게 상처를 줄 수 있을지도 모른다. 하지만 결국 가장 커다란 고통을 받는 것은 바로 자기 자신이다. 거짓말이 들통이 남으로써 가장 상처를 입는 것은 자기 자신이기 때문이다. 그러나 더 심각한 문제는 그런 일이 있고 난 후 시간이 흐르면 사람들은 아무리 그 말이 사실이라도 단순한 중상이라고 간주해 버린다. 이런 손해보다 더 큰 것은 없다.

또 자신이 한 말에 대하여 변명하거나, 명예가 손상되어 창피를 당할 것 같은 두려움 때문에 한 거짓말이 얼마 안 가서 도리어 명예를 더 크게 손상당하는 창피를 당하게 된다. 그는 인간 중에서 가장 수준이 낮은 비겁한 사람임을 증명하는 셈이다. 그 후에는 주위 사람들이 평판을 나쁘게 내려도 어떻게 할 수 있는 방법이 없다. 만일 불행하게도 잘못을 저질렀을 때는 거짓말을 하여 그것을 숨기려 하기보다는 정직하게 시인해 버리는 편이 바람직하다. 그리고 그렇게 하는 것이 속죄를 하는 유일한 방법이다.

잘못이나 무례함을 숨기려고 변명을 하거나 얼버무리거나 속이는 행위는 결코 보기 좋은 모습이 아니다. 게다가 그 사람이 무엇을 두려워하고 있는지도 자연히 알려주는 셈이다. 그러므로 그런 짓은 실패하는 것이 당연하다.

너도 양심이나 명예에 상처를 받지 않고 사회에서 훌륭하게 살아 나가고 싶다면 거짓말을 하거나 남을 속이는 따위의 행동을 하지 말고 떳떳하게 살아가야 한다. 이 말은 네 생명이 다할 때까지 머릿속에 새겨 두어라. 그렇게 사는 것이 인간의 당연한 의무이며 본연의 모습이기 때문이다.

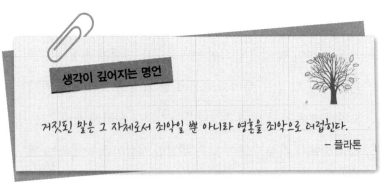

생각이 깊어지는 명언

거짓된 말은 그 자체로서 죄악일 뿐 아니라 영혼을 죄악으로 더럽힌다.
– 플라톤

사람의 성격이나 태도에 관하여

이제부터 사람에 관하여, 이를테면 사람의 성격이나 태도에 관하여 이야기하고자 한다. 이런 것들은 아무리 나이가 들어도 생각해 볼만한 가치가 있다. 특히 네 또래의 아이들은 좀처럼 얻기 힘든 지식이 될 것이다. 이러한 인생의 지혜를 젊은이들에게 가르쳐 주는 사람이 없는 것을 나는 전부터 이상하게 생각하고 있었다. 모두들 자기의 역할이 아니라고 생각한 채 인생의 지혜를 비켜가는 모양이다.

학교의 선생님이나 교수도 그렇다. 형식적인 틀 속에서 자기의 전문 분야를 언급할 뿐, 그 밖의 것은 가르치려고 하지 않는다. 어쩌면 가르치려 하지 않는다는 표현보다 가르칠 수 없다고 말하는 것이 옳을지도 모른다. 그것은 어버이도 마찬가지다. 어버이두 가르칠 능력이 없는 것인지, 바쁜 생활에 쫓기고 있어서 그런 것인지 도무지 가르치려고 하지 않는다.

그 중에는 자식을 무작정 사회에 내던지는 행동이 공부 중에 으뜸이라고 생각하는 어버이들도 있다. 이것은 어떤 면에서는 옳을 수도 있다. 아닌 게 아니라 세상의 일이란 이론만으로는 설명될 수가 없다. 실제로 사회에 몸을 담아 보지 않고서는 이해하기 어려운 부분도 많기 때문이다. 그렇지만 그 전에 먼저 발을 들여놓은 적이 있는 경험자가 대략의 약도를 그려서 넘겨 줄 정도의 친절은 베풀어야 한다고 나는 생각한다.

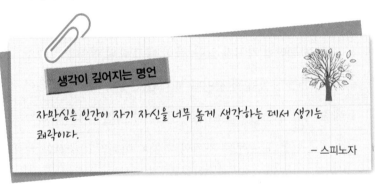

생각이 깊어지는 명언

자만심은 인간이 자기 자신을 너무 높게 생각하는 데서 생기는 쾌락이다.

– 스피노자

존경받기 위해서는 어느 만큼의 위엄이 있어야 한다

그럼 이제 본론으로 들어가자. 아무리 훌륭한 사람이라도 다른 사람들로부터 존경을 받기 위해서는, 어느 만큼의 위엄이 있어야 한다. 야단법석을 떤다. 시시덕거린다. 종종 큰 소리로 바보스럽게 웃는다. 또는 농담을 한다. 이런 것들은 위엄 있는 태도가 아니다. 이러한 태도를 취한다면 아무리 지식이 풍부한 인격자라도 존경을 받기가 어렵다.

쾌활한 것은 좋은 일이지만, 분별없이 쾌활한 소유자가 존경을 받은 예는 이제까지 없었다. 또한 무턱대고 붙임성 있게 구는 것도 손위 사람을 노하게 만들거나 주위 사람들로부터 아첨꾼이라는 험담을 듣게 만든다. 농담도 그렇다. 농담만 하고 있는 사람은 어릿광대와 조금도 다를 바가 없다.

그것은 사람들이 감복하는 기지와는 상당히 거리가 멀다. 결국 자기 본래의 성격이나 태도와는 관계없이 어느 한 가지 면이 상대의 마음에 받아들여지거나 인기가 있는 사람은 끝까지 존경을 받기가 힘들다. 다만 적당히 이용당할 뿐이다. 우리들은 곧잘 이런 말을 하곤 한다. 저 사람은 노래를 잘하니까 우리 팀에 끼워 주자, 춤을 잘 추니까 무도회에 초대하자 하는 식으로 이야기를 하곤 한다.

이런 말은 결코 칭찬이 아니다. 어쩌면 비방을 받고 있는 것과 같을 수도 있다. 일부러 지명을 당해서 바보 취급당하기 때문이다. 적어도 이는 정당하게 평가받고 있는 것도 존경을 받고 있는 것도 아닌 것만은 확실하다. 한 가지 이유만으로 같은 팀에 받아들여지는 사람은 그 장기 이외에는 존재 가치가 없다. 그들은 다른 쪽으로 눈을 돌려 평가하는 일도 없고, 따라서 아무리 다른 새로운 장점이 있어도 존경을 받지 못한다.

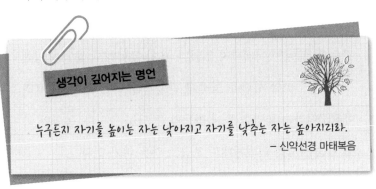

생각이 깊어지는 명언

누구든지 자기를 높이는 자는 낮아지고 자기를 낮추는 자는 높아지리라.

– 신약성경 마태복음

거만한 태도만큼 품위를 떨어뜨리는 것은 없다

그러면 어떻게 하는 것이 위엄 있는 태도인가. 위엄 있는 태도란 거만한 태도와는 다르다. 오히려 서로 반대되는 것이라고 말할 수 있다. 거만하게 뽐내는 것이 용기가 아니며 농담이 기지가 아닌 것과 같은 이치이다. 거만한 태도만큼 품위를 떨어뜨리는 것은 없다고 말해도 과언이 아니다. 거만한 사람의 자부심은 때로는 비웃음과 멸시를 낳기도 한다. 물건에 터무니없이 비싼 값을 붙여서 강매하려고 하는 장사꾼이 있다.

거만한 사람은 이와 흡사하다. 그런 장사꾼에게는 우리들 자신도 터무니없이 값을 깎으려 한다. 그러나 정당한 값을 붙여주는 장사꾼에게는 시비를 걸지 않는다. 위엄 있는 태도라고 해서 무턱대고 얌전하다거나 팔방미인처럼 행동하라는 것이 아니다. 이와는 달리 모든 일에 거역하는 것도, 시끄럽게 시비를 거는 것도 아니다.

자신의 의견은 겸손하고 명백하게 말하고 다른 사람의 말은 기분 좋게 듣는 것, 이러한 태도를 위엄 있는 태도라고 말한다. 위엄은 밖으로부터 부여할 수도 있다. 얼굴 표정이나 동작에 진지한 분위기를 연출하면 더욱 위엄 있어 보인다. 물론 거기에 생동감 넘치는 기지나 품위를 덧붙여도 좋다. 그런 것들은 원래 존엄을 느끼게 하는 법이다.

이와는 반대로 히죽히죽 웃는다든가 침착성이 결여된 몸놀림은 자못 경솔한 느낌을 줄 수 있다. 외부로부터 위엄을 부여한다고는 하지만, 악습에 몸이 젖어버린 인간이 아무리 몸부림친들 용기가 있다거나 위엄이 있는 인간으로 보이지 않는다. 그렇지만 그러한 인간이라도 예의 바르게 행동하고 당당하게 행동하면 조금은 영락하는 속도가 경감될지도 모를 일이다.

제 3 장

최고의 인생을 보내는 마음가짐

모든 것-일, 공부, 놀이에 최선을 다하라.

66 인생에는 왕복 차표가 발행되지 않는다. 일단 한 번 떠나면 다시 돌아오지 못하는 것이다. **99**

로멩 롤랑(Roman Rolland 프랑스의 소설가 1866~1944)

1분을 비웃는 사람은
1분 때문에 운다

이 세상에서 자기에게 주어진 재산을 지혜롭게 쓰는 사람은 그다지 많지 않다. 또한 스스로 활용할 수 있는 시간을 슬기롭게 사용하는 사람은 더더욱 적다. 시간을 현명하게 사용할 줄 아는 것이 부나 재산을 슬기롭게 사용하는 것보다 더욱 중요함은 말할 필요가 없을 만큼 자명한 일인데도 사람들은 이를 잊어버리곤 한다. 나는 네가 이 두 가지를 현명하게 사용할 줄 아는 지혜로운 사람이 되기를 바란다.

너도 이제는 그런 일을 생각해도 좋을 정도의 나이가 되었다. 흔히 젊은 시절에는 시간이 영원히 존재할 것처럼 충분하다고 생각한다. 아무리 사용한다 해도 없어지지 않을 것이라고 착각하기 쉽다. 그러나 시간을 함부로 써 버리면 그것은 막대한 재산을 탕진해 버리는 것과 마찬가지이다. 그리고 그것을 깨달았을 때는 이미 되돌릴 수 없다.

지금은 고인이 되었지만, 윌리엄 3세, 앤 여왕, 조지 1세 시대에 이름을 널리 떨쳤던 라운즈 재무대신은 그의 생전에 곧잘 이렇게 말하곤 했다. '1펜스를 우습게 생각해서는 안 된다. 1펜스를 비웃는 사람은 그 1펜스에 운다.'고 그는 이 말을 몸소 실천하였다. 그 결과 두 명의 손자에게 막대한 재산을 남겨줄 수 있었다.

이것은 시간에도 그대로 적용된다. 1분을 웃는 사람은 1분 때문에 우는 법이다. 그러므로 아무리 짧은 자투리 시간이라도 소중히 해야 한다. 그러한 시간들을 평생 동안 모아 둔다면 헤아릴 수 없을 만큼의 엄청난 양이 되기 때문이다.

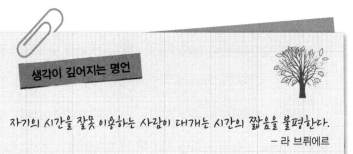

생각이 깊어지는 명언

자기의 시간을 잘못 이용하는 사람이 대개는 시간의 짧음을 불평한다.
— 라 브뤼에르

시간을 의미 없이 흘려보내지 말라

예를 들어 누군가와 12시에 만날 약속을 했다. 그런데 11시에 모든 일이 끝났다고 하자. 그럴 경우 너는 어떻게 하겠느냐? 찻집에라도 들어가서 시간을 보내겠느냐? 나라면 그렇게 하지 않는다. 일단 집으로 돌아가서, 그 동안 편지를 쓰고 싶었던 사람에게 편지를 쓴다. 그렇게 하면 다른 사람과 만나기로 한 약속 장소에 갈 때 그 편지를 우체통에 넣을 수 있으니 말이다.

편지를 다 쓰고 난 뒤에도 시간의 여유가 있을 경우에는 책을 읽는다. 그다지 많은 시간이 아니기 때문에 데카르트(Descartes 프랑스의 철학자 1596~1650)나 말르브랑슈(Malebranche 프랑스의 철학자 1638~1715) 또는 로크(Locke 영국의 철학자 1632~1704)나 뉴턴의 저서와 같이 딱딱하고 이해하기 어려운 책은 적합하지 않을 것이다. 오히려 호라티우스(Horatius 로마의 시인 65~8 B.C)의 작품처럼 짤막하고 지적이며 재미있는 책이 적합하다.

이처럼 시간을 보다 효과적으로 사용하기 위해 노력해야 한다. 적어도 시간이 따분하다고 느껴지지 않도록 주의해야 한다. 세상에는 특별하게 하는 일없이 시간을 헛되이 보내는 사람들이 많다. 그들은 커다란 의자에 기대고 앉아 하품이나 하면서 '뭔가를 시작하기에는 시간이 조금 부족한 듯하고'라고 말하곤 한다. 그러나 이런 부류의 사람은 실제로 시간이 충분히 있다고 해도 무엇인가 일을 시작하지 않는다. 따라서 결국은 아무 것도 하지 않고 그냥 시간을 보내 버린다.

가여운 성격이라고 말하지 않을 수 없다. 아마 이런 사람은 공부나 일에 있어서 크게 성공하지 못할 것이다. 한가하게 세월을 보낸다는 것은 아직 네 나이에는 허용되지 않는다. 왜냐하면 너는 이제 겨우 사회에 얼굴을 조금 내놓았을 뿐, 활기차고 성실한 끈기는 네 또래의 젊은이가 지니는 특성이기 때문이다. 앞으로의 몇 년 동안이 너의 일생에 얼마나 큰 의미를 가질 것인가에 대해 생각해 보았으면 한다.

그러면 지금의 단 한순간도 소홀히 보낼 수는 없을 것이다. 그렇다고 해서 하루 종일 책상에만 붙어 있으라는 것은 아니다. 그렇게 하라고 권하고 싶지도 않고, 그렇게 해주었으면 하고 바라지도 않는다. 다만 그 어떤 것이라도 상관없다. 무엇인가를 하고 있다는 사실이 소중하다. 20분쯤이야 또는 30분 정도는 대충 보내도 괜찮다고 가볍게 여기면 엄청난 손실이 된다.

이를테면 하루 중에 공부하는 시간과 노는 시간의 사이 등, 약간의 비어 있는 시간이 있을 것이다. 그럴 때 멍하게 하품이나 하고 있어서는 안 된다. 무슨 책이든 가까이에 있는 것을 손에 들고 읽어보라. 비록 그것이 콩트집 같은 가볍고 편한 책이면 어떤가. 읽지 않는 것보다는 훨씬 낫다.

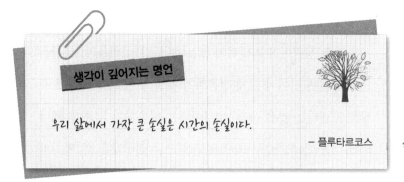

생각이 깊어지는 명언

우리 삶에서 가장 큰 손실은 시간의 손실이다.

— 플루타르코스

얼마 안 되는 시간이라도 효과적으로 사용해라

내가 아는 사람 중에는 시간을 사용하는 방법이 아주 특별해서 사소한 시간까지도 헛되게 보내지 않는 사람이 있다. 이 남자는 화장실에 가는 잠깐 동안의 시간까지도 유효하게 이용한다. 예를 들어 고대 로마 시인 호라티우스를 읽고 싶다고 하자. 이 사나이는 호라티우스의 시집을 문고판으로 산다. 그리고 그것을 화장실에 갈 때마다 두 페이지씩 찢어가지고 가서 읽는다. 다 읽고 난 후에는 이것을 여신 크로아카(Croaka)에게 예물로 바친다. 즉 버리고 나오는 것이다.

이러한 방법은 확실히 시간을 절약할 수 있다고 생각한다.

너도 한 번 시험해 보면 어떻겠느냐? 특별히 하는 일도 없이 가만히 있는 것보다는 훨씬 좋을 것이라고 확신한다. 게다가 그렇게 하면 책의 내용이 언제나 머릿속에 남아 있어서 더욱 효과적이다.

물론 어떤 책이든 그렇게 하는 것이 좋다는 뜻은 아니다. 계속해서 읽지 않으면 이해하기 어려운 과학 분야의 책이라든가 내용이 가볍지 않은 책은 적당하지 않을지도 모른다. 그러나 몇 페이지씩 찢어서 읽어도 충분히 의미가 통하고 유익한 책은 많이 있다. 그러한 책을 골라서 시도해 보았으면 한다.

얼마 안 되는 시간이라도 이처럼 효과적으로 사용하면, 나중에는 그것이 매우 중요한 일이었음을 깨닫게 될 것이다. 그러나 얼마 안 되는 시간이라고 해서 아무것도 하지 않으면 나중에 아무리 되찾으려고 발버둥쳐도 그것은 불가능하다. 그러므로 일초 일초를 의미 있게 사용해주기 바란다. 아무것도 하지 않고 있는 것보다는 재미있다고 생각되는 방법을 연구하는 것이 바람직하다.

이러한 방법은 공부에만 한정된 것이 아니다. 노는 것도 경우에 따라서는 공부 못지 않다. 인간은 놀이를 통해서 성장하고, 제 몫을 하게 되는 법이다. 뽐내거나 꾸미는 태도를 벗어

버렸을 때의 참모습을 가르쳐 주는 것도 놀이이다. 그러므로 놀고 있을 때에도 빈둥빈둥하고 있으면 안 된다. 놀 때는 노는 것에 최선을 다해야 한다.

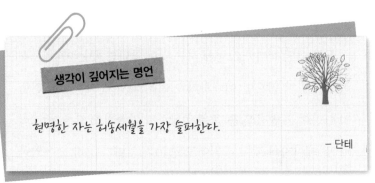

생각이 깊어지는 명언

현명한 자는 허송세월을 가장 슬퍼한다.

- 단테

순서를 알면 결과가 좋다

사업이나 사무에는 보통 일반인이 생각하고 있는 것처럼 요술과 같은 특별한 재능을 필요로 하지 않는다. 올바른 순서와 근면함, 그리고 현명한 판단력만 있다면 누구든지 가능한 일이다. 너도 사회인으로서의 첫 발을 내딛은 지금, 조속히 모든 것의 체계를 세워 추진하는 습관을 길러야 한다. 순서를 정하고, 그것에 따라서 일을 추진하는 것이야말로 일을 능률적으로 완성하는 비결이다. 모든 일에는 우선 순서를 정할 일이다.

그렇게 해야만 귀중한 시간을 절약할 수 있고, 효과적인 업

무처리가 가능하게 된다.

말버러(Marlborough 영국의 군인 1650~1722) 공작을 떠올려 보라. 그는 단 1초의 시간도 허비하지 않았다. 때문에 똑같은 1시간 동안에 다른 보통사람의 몇 배나 되는 일을 처리해 냈다.

뉴캐슬(Newcastle 영국의 장군, 왕당파의 사령관으로서 전쟁에서 패배하여 대륙으로 망명 1592~1676) 공작의 당황하는 모습이나 혼란된 모습은 일 때문이 아니었다. 일에 대한 질서, 순서가 부족했기 때문이었다.

로버트 월폴(Robert Walpole 1676~1745)전 수상은 다른 사람의 10배나 되는 일을 하면서도 당황하는 모습을 보인 적이 없었다. 일을 처리하는 데 일정한 순서가 정해져 있었기 때문이었다.

아무리 능력이 있는 인물이라도 순서를 정하지 않고 일을 하면 머릿속이 혼란해서 결국은 손을 들게 되고 만다. 너는 비교적 게으른 편이다. 이제부터는 게으름을 피우지 않도록 주의해라. 당분간이라도 좋으니 일을 하는 방법과 순서를 모색하여 실행해 주었으면 한다. 그렇게 하면 미리 정해 놓은 순서대로 일을 추진하는 것이 얼마나 편리하고 좋은 결과를 가져오는가를 알게 된다.

놀이는 마음껏 즐겨라

　놀이와 오락은 대부분의 젊은이들이 언젠가 한 번은 거쳐야 할 암초와도 같은 것이다.

　돛에 바람을 가득 안고 즐거움을 찾아 출항한 것은 좋았지만, 정신을 차려 보니 방향을 확인할 나침반도 없거니와 키를 잡는 데 필요한 지식도 없다. 이래서는 목적지인 진정한 즐거움에 당도할 리가 없다.

　명예스럽지 못한 상처를 입고 비틀거리면서 항구로 되돌아오게 될 뿐이다. 이렇게 말하면 오해할 것 같지만, 나는 사실 금욕주의자처럼 즐거움을 기피하려는 사람도 아니고, 목사처럼 쾌락에 빠져서는 안 된다고 설교하려는 것도 아니다. 오히려 놀기를 좋아해서 여러 가지의 놀이 보따리를 풀어 보여주며 마음껏 놀라고 장려하고 싶다. 정말이다. 마음껏 놀기 바란다. 다만 나는 네가 잘못된 항로로 나아가지 않도록 해 주고 싶은 마음뿐이다.

너는 어떠한 일에 즐거움을 발견하고 있는 것일까? 마음이 맞는 친구와 건전한 카드놀이를 흥겨워하고 있지 않을까? 쾌활하고 품위 있는 사람들과 즐겁게 식사하는 걸까? 함께 있음으로써 배울 것이 많은 인물과 친밀하게 교제하려 하고 있는 것일까? 무엇이든 거리낌 없이 말해주길 바란다.

나는 너의 오락을 일일이 검열하는 따위의 일은 하고 싶지 않다. 오히려 인생의 안내인으로서 유희의 길잡이 역할을 해 주고 싶다.

생각이 깊어지는 명언

현명하고 선하고 공정하게 살지 않고서는 즐겁게 사는 것이 불가능하다. 또한 즐겁게 살지 않고서는 현명하고 선하고 정직하게 사는 것이 불가능하다.

― 에피쿠로스

오락이라고 해서 무조건 그대로 받아들이지 말라

젊은이는 자칫하면 자기의 기호와는 관계없이 형식만으로 즐거움을 선택하기 쉽다. 극단적인 경우로 어떤 사람은 절제하지 않는 형태가 놀이의 본래 모습이라고 착각하기까지 한다.

너의 경우는 어떠냐? 음주의 예를 들어보자.

과음은 분명히 마음과 몸에 나쁜 영향을 미치기는 하지만 훌륭한 유희의 하나라고 생각하고 있는 것은 아닌지. 도박에 빠지면 때로는 무일푼이 되는 일도 있고, 난폭한 태도를 취하는 경우도 있지만 재미있는 놀이의 한 가지가 아닌가. 여자의 뒤를 따라다니는 것도 최악의 경우 매독에 걸려 코가 이지러지거나 건강을 해치거나 할 정도이지, 온몸이 망가져서 죽음을 맞아야 하는 상황은 좀처럼 있는 것이 아니라고 생각하고 있는 것은 아닐까?

너도 알고 있겠지만 내가 지금 앞에서 말한 것들은 모두가 가치 없는 놀이들이다. 그런데 그 가치 없는 놀이가 많은 젊은이들의 마음을 사로잡고 있다. 그들은 잘 생각해 보지도 않고 남들이 오락이라고 부르는 것을 그냥 그대로 받아들여 버린다.

네 나이에는 놀이에 열중하는 것이 당연하고, 또 놀고 있는 모습이 잘 어울리는 것도 사실이다. 그렇지만 젊기 때문에 대상을 잘못 선택하거나 잘못된 방향으로 돌진할 염려도 크다. '놀기를 잘 하는 한량'은 젊은이들에게 아주 인기가 있지만, 그들은 과연 자신의 종착역을 짐작하고 있는 것인지 의심스럽다.

옛날이야기지만 확실한 예가 있다. 어떤 젊은이가 멋진 한량이 되어 보려고 몰리에르(Moliere 프랑스의 희극 작가 1622~1673) 원작의 번역극〈파멸한 탕자(Le Festin de Pierre)〉를 보러 갔다. 주인공의 방탕 행각에 감탄한 이 사나이는 자기도 '파멸한 탕자'가 되기로 결심하였다. 친구들 몇 사람이 '파멸한'은 그만두고 '탕자'만으로 만족하는 것이 좋지 않으냐고 설득해 보았지만 효과는 없었고 그는 의기양양하게 이렇게 말했다고 한다.

"아니, 안 돼. '탕자'만으로는 부족해. '파멸한'이 붙지 않으면 완전한 탕자가 못 된단 말이야."

"정말 어처구니가 없구나……."

하고 생각할지 모르지만 이것은 실제로 많은 젊은이들의 현실이다. 겉보기에만 사로잡혀서 스스로 생각할 여유도 없이 닥치는 대로 뛰어든다. 그리하여 마지막에는 정말로 '파멸해' 버리는 것이다.

허황된 놀이에 휘말려서는 안 된다

그다지 이야기하고 싶지 않은 일이지만 너에게 참고가 될지도 모르기 때문에 부끄러움을 무릅쓰고 내 자신의 체험담을 이야기하겠다. 나도 예외는 아니어 나 스스로의 기호와는 관계없이 '놀기 잘하는 한량'으로 보이는 것에서 가치를 발견하려 했던 어리석은 사람 중의 하나였다. 그렇다. 어리석었던 나는 본래 좋아하지 않는 술을 '놀기 잘하는 한량'처럼 보이기 위하여 잔뜩 마셔댔다.

도박도 그랬다. 돈에는 궁색하지 않았기 때문에 돈이 필요해서 내기를 한 일은 한 번도 없었다. 그러나 도박을 신사의 필수 조건이라고 생각하곤 마구 뛰어들었던 것이다. 본래부터 좋아하는 성질은 아니었다. 그러면서도, 인생에서 가장 충실해야 할 젊은 시절을 도박에 끌려 다니면서 지냈다. 그 덕택으로 진정한 즐거움을 경험하지 못했다.

비록 잠시 동안이지만 참으로 어리석었고 이를 새삼 부끄럽게 생각한다. 그러나 아무튼 나는 이러한 어리석은 행위들을 일체 중지해버렸다. 떳떳하지 못함을 깨닫고는, 무서운 생각까지 들었던 것이다.

일종의 유행병에 걸려 형식만의 놀이에 뛰어든 나는 그 대가로 재산이 줄어들고 건강도 나빠졌다. 그렇지만 이것 모두가 하늘이 내린 벌이라고 생각하게 되었다.

　나의 어리석은 체험담에서 너는 무엇을 배웠을까? 나는 네가 네 자신의 즐거움을 선택하여 주기를 진심으로 바라고 있다. 허황된 놀이에 휘말려서는 안 된다. 다른 사람들이 모두 그렇게 한다고 해서 너도 그렇게 할 필요는 없다. 나는 나라고 생각할 일이다. 먼저 현재의 네가 즐기고 있는 놀이가 어떤 것인가. 그 놀이를 그냥 그대로 계속하면 어떻게 될 것인가, 하나하나 생각해 보기 바란다. 그런 다음에 그 놀이를 계속할 것인지 그만둘 것인지는 너의 현명한 판단에 맡기겠다.

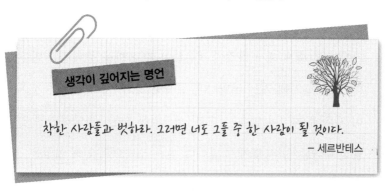

생각이 깊어지는 명언

착한 사람들과 벗하라. 그러면 너도 그들 중 한 사람이 될 것이다.
－ 세르반테스

즐거워 보이는 것과 정말로 즐거운 것을 분별하라

지금 만일 내가 네 나이로 돌아가 지금까지의 경험을 다시

한 번 할 수가 있다면 어떤 일을 할 것인가에 대해 상상해 보았다. 그 중에는 친구와 식사를 하거나 술을 마시거나 하는 일도 물론 포함된다. 그렇지만 과식을 한다거나 과음을 해서 괴로움을 당하지 않을 정도로 억제하겠다.

20세 때는 다른 사람에게 지나치게 주의를 하면서 지낼 필요는 없다. 일부러 자기의 방식을 강요하거나, 상대를 비난해서 미움을 살 필요도 없다. 자기 방식대로 하도록 내버려두면 되는 것이다. 그러나 자신의 건강에 관해서만은 완벽하리 만큼 주의를 해야 한다.

노름도 해 보아라. 고통받기 위해서가 아니라 즐기기 위해서 말이다. 아주 적은 돈을 걸고 여러 분야의 친구들과 즐기는 것이다. 그렇게 해서 환경에 적응하는 것도 매우 중요한 일이다. 다만 내기에 거는 돈만큼은 신중히 하자. 이기고 지는 것이 생활에 지장이 없을 정도로, 생활비를 약간 절약하면 수습할 수 있는 범위 안에서 말이다. 물론 도박으로 인해 이성을 잃고 싸움질을 한다면 이는 절대 금물이다. 독서에도 많은 시간을 할애하라. 분별 있는 교양인과의 대화를 위해서도 약간의 시간을 남겨 두자. 가능하면 자신보다 뛰어난 사람이 좋다.

보통 사교계의 사람들과도 남녀를 불문하고 빈번하게 교류

하라고 권하고 싶다. 이야기의 내용은 그다지 충실하지 못한 경우도 있지만 함께 있으면 편안한 기분이 될 수도 있고 기운도 난다. 게다가 사람에 대한 태도를 비롯하여 보고 배울 점이 많다.

너의 나이에서부터 다시 한 번 인생을 고쳐 살 수 있다면, 나는 앞에서 언급한 것과 같이 현명하게 인생을 살고 싶다. 앞의 말들이 모두 수긍이 가지 않느냐?

진정한 즐거움을 알고 있는 사람은 노름 때문에 몸을 망치는 일이 없다. 이를 모르는 사람만이 그것을 진정한 즐거움이라고 생각하는 것이다.

그 증거로 몹시 술에 취하여 걸음도 제대로 가누지 못하는 사람과 친구가 되고 싶어 하는 사람은 없을 것이다. 갚지도 못할 정도의 큰돈을 걸고 내기를 해서 지고 난 다음, 머리카락을 쥐어뜯으면서 상대방에 대하여 입에 담을 수 없는 더러운 말을 하고 있는 사람을 상대하고 싶어 하는 사람이 있을까? 방탕한 생활 끝에 매독에 걸려 코가 반쯤 떨어져 나가고 다리를 질질 끌고 다니는 사람과 친하게 지내고 싶어 하는 사람이 있을까?

있을 리가 없다. 방탕함에 제 정신을 잃는 따위의 사람들을 양식 있는 사람들이 받아들일 리가 없다. 설사 받아들인다 해도 기분 좋게 받아들이지는 않을 것이다. 진정으로 놀이를 알고 있는 사람은 품위를 잃는 일이 없다. 적어도 악덕을 모범으로 삼거나, 흉내 내는 경우는 없다. 불행하게도 부덕한 행위를 하지 않으면 안 될 경우에는 남이 모르도록 자연스럽게 해야 한다. 일부러 뽐내거나 하지는 않을 것이다.

생각이 깊어지는 명언

바르고 공정한 사람을 친구로 가진 것은 값진 재산을 가진 것보다 낫다.

— 에우라피데스

일하는 것과 노는 것에
고르게 마음을 써라

노는 것은 대단히 좋은 일이다. 자신의 놀이를 찾아내서 마음껏 즐길 일이다. 그렇지만 남의 흉내를 내서는 안 된다. 가슴에 손을 얹고 무엇이 정말로 즐거운지를 물어 보라. 곧잘 아무 것에나 손을 대는 그런 사람은 아무런 기쁨도 누릴 수 없다. 진지하게 한 가지 일에 몰두해야만 일에서 기쁨을 느낄 수 있는 것이다. 그런 뜻에서 고대 아테네의 장군 알키비아데스(Alkibiades 450~404 B.C)는 훌륭한 사람이었다고 생각한다. 창피함을 모를 정도의 방탕한 짓을 했지만 학문이나 일에 어김없이 시간을 할애하였다.

카이사르도 일과 노는 것에 고르게 마음을 씀으로써 상승효과를 가져오게 한 사람이다. 로마에 사는 여성들이 모두 눌의의 간통 상대자였다고 할 정도였지만, 그는 훌륭하게 학자로서의 지위를 쌓았고 웅변가로서도 또한 지도자로서 실력에 있어서는 로마 제일이라고까지 평판받지 않았는가?

그들은 날마다 진지하게 일에 파묻히기 때문인 것이다. 창백한 얼굴을 한 주정뱅이나, 혈색이 나쁜 호색가는 자기가 하고 있는 일을 즐기지 못하고 있다는 증거이다. 이런 사람은 헛된 신에게 자신의 정신과 육체를 바치고 있는 셈이다.

정신 수준이 낮은 생활을 하고 있는 사람은 쾌락만을 쫓고, 품위가 없는 놀이에 몸을 망치는 일이 많다. 반면에 정신 수준이 높은 생활을 하고 있는 사람들은 보다 자연스러운 놀이, 다시 말해 세련되고 위험이 적은, 그리고 적어도 품위를 잃는 일이 없는 놀이에 흥겨워한다. 양식이 있는 사람은 노는 것에 목적을 두어서는 안 된다는 것을 안다.

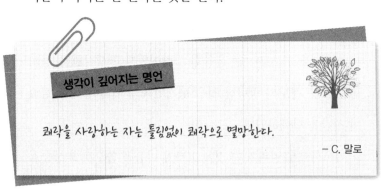

생각이 깊어지는 명언

쾌락을 사랑하는 자는 틀림없이 쾌락으로 멸망한다.

— C. 말로

아침은 저녁보다 현명하다는 것을 실천하라

일과 놀이는 가능한 한 그것들이 차지하는 시간을 정확하게 나누어 놓는다. 공부 또는 지식인이나 명사와 함께 침착하게 이야기하려면 아침 시간이 좋다. 그렇지만 일단 저녁 식사를 마친 그 이후는 휴식 시간이다. 특별히 긴급한 일이 없는 한 취미를 즐겨도 좋다.

마음이 맞는 친구들과 카드놀이를 하거나, 예의가 있는 사람들과 함께라면 화목하고 즐거운 게임을 할 수도 있다. 잘못되어도 싸움이 되는 일은 없다. 연극이나 음악회도 좋다. 친구들과의 즐거운 대화도 바람직하다. 틀림없이 만족할 만한 저녁 시간을 보낼 수 있을 것이다.

물론 매력적인 여성들에게 뜨거운 시선을 보내는 것도 나쁘지 않다. 다만, 상대가 네 품위를 떨어뜨리지 않는, 그런 인물이기를 바랄 뿐이다. 상대가 너에게 어떤 태도를 보이는가는 너의 수완에 달려 있다. 기대를 걸어 보라고 말하고 싶구나.

지금 말한 것들은 정말로 분별 있고 놀이를 알고 있는 사람이 즐기는 방법이다. 이처럼 아침은 공부, 저녁은 놀이를 하는 식으로 시간을 구분하여, 놀이도 자기만의 것을 선택하게 되면 너도 훌륭한 사회인으로서 인정을 받을 수 있을 것이다. 오전 중에 집중해서 꾸준히 공부하기를 반복하면, 일 년 후에는 상당한 지식이 축적된다. 한편, 저녁에 친구와의 교제도 너에게 또 하나의 지식 즉 세상 삶에 관한 지식을 줄 것이다. 아침에는 책에서 배우고, 저녁에는 사람에게서 배운다. 그러나 이것을 실천하자면 한가하게 있을 시간이 없다.

나도 젊었을 때는 참으로 잘 놀았고, 여러 종류의 사람들과 다양하게 사귀었다. 나만큼 그러한 일에 시간과 노력을 쏟아 넣은 사람도 없을 것이라고 생각한다. 때로는 지나친 적도 있었다. 그렇지만 어떻게든지 공부하는 시간만은 확보하였다. 아무리 해도 그 시간을 낼 수 없을 때는 수면 시간을 줄였다. 전날 밤늦게 잠자리에 들더라도 다음 날 아침에는 반드시 일찍 일어났다.

이것을 고집스럽게 지켜 나갔다. 이미 40년 이상이나 된 이 습관은 계속되고 있다. 이제 너도 내가 놀이 따위는 절대로 안 된다고 말하는 완고한 아버지가 아니라는 것을 알 수 있으리라 생각된다.

나는 너에게 나와 똑같은 생각을 가지라고 말하지는 않으려 한다. 왜냐하면 나는 아버지보다 친구로 너에게 다가서고 싶기 때문이다.

즐거움도 노력한 만큼 얻을 수 있다

　얼마 전에 하트 씨로부터 네가 모든 것을 잘하고 있다는 내용의 편지를 받고 얼마나 기뻤는지 모른다. 그렇지만 만일 본인인 네가 기쁨을 느끼고 있지 않다면, 나는 어찌할 바를 몰라 당황하게 될 것이다. 왜냐하면 나는 네가 만족감과 자부심이 있기 때문에 스스로 면학에 열중하고 있다고 생각하기 때문이다.

　하트 씨는 네가 열심히 공부하고 있다고 했다. 공부하는 자세가 잡혔고, 이해력과 응용력도 많은 발전을 보인다고 말이다. 이제 그 다음은 즐거움이 있을 뿐이다. 그리고 그 즐거움도 노력하면 노력한 만큼 얻을 수 있으니 걱정하지 마라.

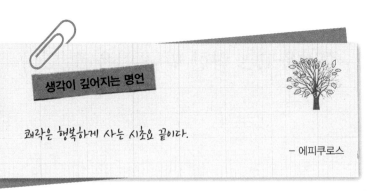

쾌락은 행복하게 사는 시초요 끝이다.

— 에피쿠로스

한 번에 한 가지씩 일을 한다

너도 익히 알겠지만, 무엇인가를 할 때는 그것이 어떠한 일이든 오직 그것에만 집중하는 것이 필요하다. 그 외의 일을 생각해서는 안 된다. 이것은 비단 공부에만 한정된 것이 아니라 놀이도 마찬가지이다. 놀이도 열심히 하기 바란다. 어느 쪽도 열심히 할 수 없는 사람은 어느 쪽도 만족감을 얻지 못할 것이다.

그때그때의 대상에 마음을 집중할 수 없는 사람이나 또는 잡념을 머리에서 쫓아내지 못하거나 쫓아내지 않는 사람은 일을 제대로 할 수 없을 뿐만 아니라 놀이도 역시 즐기지 못한다.

파티나 만찬 같은 자리에서 누군가가 머릿속에 유클리드 기하학 문제를 풀려 한다고 상상해 보아라. 그런 사람은 흥겨운 자리에 함께 있어도 전혀 즐거움을 느끼지 못할 것이 뻔한 일이다.

한 번에 한 가지 일에 몰두한다면 하루 동안에 여러 가지 일을 성취할 수 있다. 그렇지만 한 번에 두 가지 이상의 일을 하려 한다면 일 년이 지나도 시간은 항상 모자란다.

법률 고문이었던 드위트 씨는 모든 일을 혼자 잘 처리했을 뿐만 아니라, 저녁의 여러 모임에도 얼굴을 내밀고, 함께 식사를 할 시간도 충분히 있었다고 한다. 그렇게 많은 일을 처리하고도 저녁마다 시간이 있었다니, 도대체 어떤 식으로 시간을 운용하고 있는가? 라는 질문을 받자, 드위트 씨는 다음과 같이 대답했다고 한다.

"별로 어려운 일은 아닙니다. 한 번에 한 가지씩 일을 합니다. 그리고 오늘 할 수 있는 일은 절대로 내일까지 미루지 않습니다. 그것뿐이지요."

다른 일에 정신을 팔지 않고, 한 가지 일에 확실하게 집중할 수 있는 드위트 씨의 능력은 대단한 것이라고 생각한다. 그렇게 일을 할 수 있다는 것 자체가 천재라는 증거이다. 반대로 늘 침착하지 못하고 들떠 있는 채로 횡설수설하는 것은 대수롭지 않은 사람이라는 증거라고 할 수 있다.

생각이 깊어지는 명언

작은 것을 크게 받아들이는 자에게 큰 것이 찾아온다.
- M. A. 카시오도루스

'오늘은 이것을 했다'하고 말할 수 있어야 한다

하루 종일 바쁘게 움직였는데도 잠을 이루기 전에 생각해 보니 해놓은 일은 하나도 없다고 말하는 사람이 있다. 이런 사람들은 두세 시간 독서를 해도 눈동자만 활자를 따라가고 있을 뿐 생각은 거기에 없는 경우가 많다. 그러므로 나중에 무엇을 읽었는지 생각해 보아도 아무것도 생각나지 않기 때문이다. 더구나 그 내용에 대해서 전혀 논한다는 것은 있을 수가 없다.

그런 성격의 소유자는 사람과 만나서 이야기하고 있을 때도 마찬가지여서 여간해서는 적극적으로 대화에 참여하려 하지 않는다. 이야기하고 있는 상대를 관찰하는 일도 없고, 이야기의 내용을 정확히 파악하는 일도 없다. 그들은 그것과는 관계없는 일, 그것도 쓸데없는 일을 혼자서 생각하고 있는 것이다. 아니 어쩌면 아무것도 생각하고 있지 않다고 말하는 편이 옳을지 모른다.

그리곤 그것을 "지금 잠깐 다른 생각을 하고 있어서……."라든지 "다른 일에 신경을 쓰고 있어서……." 따위의 말로 얼버무려 체면을 세운다. 이런 사람은 극장에 가도 가장 중요한 내용은 보지 않고 주위 사람들이나 조명에 눈을 빼앗겨버린다.

너에게 그런 일이 없도록 하라. 사람과 만나 이야기하고 있을 때도 공부를 하고 있을 때와 마찬가지로 정신을 집중시키기 바란다. 공부할 때에는 읽고 있는 책에 주의를 기울이고 그 내용을 잘 생각해야 한다. 사람과 만나고 있을 때는 보는 것 듣는 것을 비롯하여 모든 것에 주의를 기울여야 한다. 이런 자세가 무엇보다 중요하다.

어리석은 사람들이 곧잘 말하듯이, 자기의 눈앞에서 들리는 이야기나 일어난 일에 주의를 기울이지 않고 있다가 "다른 일을 생각하고 있어서 알아차리지 못했습니다……." 하는 따위는 절대로 안 된다. 왜 다른 일을 생각하고 있었는가? 다른 일을 생각하려면 무엇 때문에 왔단 말인가? 올 필요도 없지 않았는가? 이런 사람들은 머리가 텅텅 비어 있었을 뿐이다.

이들은 놀이에도 집중하지 못한다. 정신이 산만해져서 일을 할 수 없으면 놀기라도 해야 좋을 텐데 그렇게도 하지 않는다. 노는 사람과 함께 있으면 자기도 놀고 있는 것으로 착각하고, 해야 할 일을 보고는 일을 하고 있다고 착각을 한다. 무슨 일이든 기왕에 하려면 열심히 해야 한다. 어중간하게 할 심산이라면 차라리 하지 않는 편이 훨씬 낫다.

중요한 것은 자기가 하고 있는 일에 집중하려는 노력이다. 모든 일은 할 가치가 있는가? 없는가? 둘 중 하나이다. 그 중간은 없다. 일단 한다고 결정하면 누가 뭐라고 하든 눈과 귀를 똑바로 집중시킬 필요가 있다. 듣는 말은 단 한 마디도 흘리지 않고 눈앞에서 일어나고 있는 일은 하나도 빼지 않고 확실히 본다는 결심이 중요하다.

아무튼 호라티우스를 읽고 있을 때는 기록되어 있는 멋진 표현이나 시의 아름다움을 충분히 맛보도록 하라. 결코 다른 작품에 마음이 가 있어서는 안 된다.

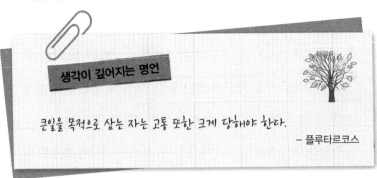

생각이 깊어지는 명언

큰일을 목적으로 삼는 자는 고통 또한 크게 당해야 한다.

— 플루타르코스

현명한 사람은 단 한 푼의 돈도 헛되게 쓰지 않는다

너도 이제 서서히 어른 행세를 할 수 있는 나이가 되어 가고 있다. 나는 공부에 필요한 비용이나 사람과의 교제에 필요한 돈에 있어 한 푼이라도 더 절약하라고 주장할 생각은 없다. 공부에 소요되는 비용이란, 필요한 책을 사는 돈과 우수한 선생에게 배울 돈을 말한다. 그 속에는 여행지에서 훌륭한 사람들과 교제하기 위한 비용 즉 예를 들어 숙박비, 교통비 등도 포함될 수 있다.

사람과의 교제에 필요한 돈이라 함은, 물론 지적인 교제에서 필요하다는 의미이다. 신세를 진 사람들에 대한 사례나 선물을 마련하는 비용도 그렇다. 교제하는 상대에 따라서 필요하게 되는 비용, 이를테면 무엇인가를 관람하러 가는 비용이나 놀이에 드는 비용, 기타 돌발적인 비용, 그러한 것도 필요할 것이다.

내가 절대로 송금하지 않을 돈은 게으르게 시간을 보내는데 드는 돈이다. 현명한 사람은 자신의 명예를 손상시키거나 자기에게 도움이 되지 않는 돈은 절대로 쓰지 않는다. 그러한 돈을 쓰는 자는 어리석은 사람이 될 뿐이다.

단 돈 한 푼도 단 1분의 시간도 헛되게 쓰지 않는다. 자기 자신이나 주위 사람들을 위해서 유익한 것, 지적인 기쁨을 얻을 수 있는 것에 쓴다.

그런데 어리석은 자는 다르다. 어리석은 자는 필요치 않은 것에 돈을 쓰고, 필요한 것에는 돈을 쓰지 않는다. 이를테면 가게 앞에 진열되어 있는 잡동사니들 즉 모양새 좋은 담배 케이스나 시계, 지팡이의 손잡이 같은 시시한 물건들의 마력에 사로잡히게 되면 끝장이다. 그것들은 가게 주인도 점원도 어리석은 자를 속이려고 달려들기 마련이다. 따라서 정신을 차렸을 때는 이미 신변에 온통 쓸데없는 잡동사니 천지가 되어 정말로 필요한 것이나 편안한 휴식을 주는 것은 아무것도 없는 황당한 상태가 되어 있다.

지불은 될 수 있는 한 현금으로 하라

돈이라는 것은 아무리 많아도 자기만의 철학을 가지고 세심한 주의를 기울여 사용하지 않으면 최소한의 필요한 물건조차도 살 수 없게 되어 버리는 법이다. 그와는 반대로 비록 아주 적은 돈밖에 없어도 자기 나름대로의 금전 철학을 가지고, 주의해서 사용하면 최소한의 것은 충족된다. 그런데 돈의 지불 방법을 말하자면 될 수 있는 한 현금으로 하는 것이 좋다. 그것도 고용인을 통해서가 아니라 자기가 직접 지불해야 한다.

고용인은 수수료나 사례금 같은 것을 요구하기 쉽다. 만약에 외상을 했을 경우는 반드시 자기 손으로 지불하는 것이 좋다. 물건을 살 때는 당장 필요하지도 않은데 값이 싸다는 이유만으로 사는 일이 없도록 하라. 그런 것은 절약이 아니라 오히려 낭비이다.

또한 값비싼 것이라는 이유만으로 물건을 사는 것 역시 마찬가지이다. 자기가 산 것과 지불한 대금은 매일 노트에 기록하는 것이 좋다. 돈의 출납을 파악하고 있으면 파산하는 일은 없다. 그렇다고 해서 교통비라든지 오페라를 보러 가서 쓴 군것질 비용까지 기록할 필요는 없다. 그것은 시간의 낭비일 뿐만 아니라 잉크 값이 아깝다. 그런 세밀한 것은 할 일이 없어

따분한 수전노에게나 맡겨 두라.

이는 모든 일에 해당된다. 관심을 가질 가치가 있는 것에만 관심을 갖는 자세가 중요하다. 쓸데없는 것에 관심을 가질 필요는 없다.

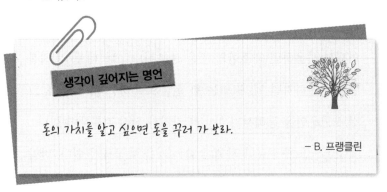

생각이 깊어지는 명언

돈의 가치를 알고 싶으면 돈을 꾸러 가 보라.

– B. 프랭클린

중요한 것은 모두 손이 닿는 곳에 있다

일반적으로 현명한 사람은 실물 크기로 파악할 수가 있는 법이다. 그런데 어리석은 사람은 그것이 불가능하다. 마치 현미경으로 들여다보고 있는 것처럼 무엇이든 크게 본다. 그래서 벼룩을 코끼리로 본다. 작은 것이 크게 보일 뿐이라면 그래도 다행이다. 최악의 경우 큰 것이 지나치게 확대되어서 보이지 않게 되는 경우가 있다.

얼마 안 되는 돈을 인색하게 아껴, 그것 때문에 싸움까지

하는 사람이 그 대표적인 예다. 그 자신은 수전노라고 불려지고 있음을 깨닫지 못한다. 이런 사람은 자신에 대해서도 부당한 일을 행하고 있다. 수입 이상의 생활을 바라는 나머지, 자기 손이 미치는 범위 안에 있는 중요한 것을 보지 못하고 있는 것이다.

무슨 일이나 제 분수에 맞게 하라는 말이 있다. 건전하고 견고한 정신을 가진 사람은 어디까지가 손이 미치는 범위이고 어디서부터가 손이 미치지 못하는 범위인지 알고 있다. 그런데 그 경계선은 대단히 애매해서 분별 있는 사람은 눈을 가늘게 뜨고도 찾으면 발견할 수 있지만, 엉성한 인간의 눈에는 쉽사리 보이지 않는다.

너도 자기의 손이 미치는 범위와 미치지 않는 범위를 알 만한 분별력은 있다고 생각한다. 그 경계선에 항상 유의하고 그 위를 능숙하게 걷기 바란다. 진짜 줄타기를 능숙하게 하는 사람은 있어도 경계선이라는 이름의 줄타기를 능숙하게 할 수 있는 사람은 드물다. 따라서 능숙하게 하는 사람은 그만큼 크게 빛난다.

제 4 장

지금 네가 해두어야 할 일
젊었을 때는 특히 역사책을 많이 읽어라.
그리고 가능한 한 밖으로 나가 보아라.

&& 역사는 인간 자신이 그 대상이다. 역사 속에 내재하는 조건의 하나는 역사가 인간을 파악하고 이해하며, 알 수 있도록 노력하는 일이다. **99**

로멩 롤랑(*Romaim Rolland* 프랑스의 소설가 *1866~1944*)

책에서 얻어 낸 정보를 종합하여
자기 의견을 가져라

프랑스의 발자취에 관한 너의 고찰은 정말로 정곡을 찌른 우수작이라고 생각한다. 무엇보다도 기뻤던 사실은 네가 책을 읽을 때 그 내용만을 파악하지 않고 한 발자국 더 깊이 들어가 생각하고 있다는 점이다.

책을 읽어도 자기 스스로 판단하지 않고, 단지 씌어 있는 것을 그대로 줄줄 머릿속에 집어넣기만 하는 사람이 많다. 그렇게 하면, 정보가 닥치는 대로 쌓여갈 뿐 머릿속은 잡동사니로 가득찬 창고처럼 어지럽혀져진다.

따라서 잘 정돈된 방처럼 필요한 지식을 요긴하게 바로 꺼내 쓸 수가 없다. 너는 네가 지금 하고 있는 방법을 계속 유지하기 바란다. 저자의 이름만을 보고 책의 내용 전부를 그대로 받아들이지 말고, 거기에 쓰여 있는 내용이 얼마나 정확한가, 저자의 고찰이 얼마나 옳은가를 자신의 머리로 똑바로 생각해야 한다.

하나의 역사적 사실에 관해서는 몇 권의 책을 조사하여, 거기에서 얻어 낸 정보를 종합한 후에 자기의 의견을 갖는 것이 바람직하다. 거기까지가 역사라는 학문에 있어 손이 미치는 범위라고 나는 생각하고 있다. 유감이지만 역사적 진실까지는 알 수가 없는 것이다.

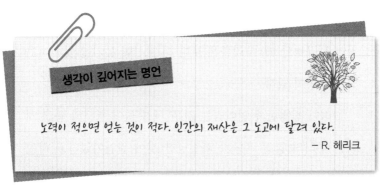

생각이 깊어지는 명언

노력이 적으면 얻는 것이 적다. 인간의 재산은 그 노고에 달려 있다.
— R. 헤리크

현명한 사람도 어리석은 짓을 할 수 있다

역사책을 읽고 있으면 역사적인 사건의 동기나 원인이 기록되어 있는데, 그것을 그대로 믿어서는 안 된다. 그 사건에 관련된 인물의 사고방식이나 이해 관계를 좀더 고려한 다음 저자의 생각은 옳은가, 그 밖에 가능성이 더 큰 동기는 없는가를 자기 스스로 생각해 보는 일이 중요하다. 그 때는 사소한 동기를 무시해서도 안 된다. 왜냐면 인간이란 복잡하고 모순투성이기 때문이다.

감정은 격렬하게 변하기 쉽고 약하며, 마음은 몸의 건강 상태에 따라서 좌우된다. 요컨대, 사람은 언제나 한결 같은 것이 아니라 때에 따라 변하는 것이다. 아무리 훌륭한 사람이라도 좋지 못한 데가 있고, 쓸모없는 인간일지라도 분명히 훌륭한 일면은 있다. 바로 그런 것이 인간이다. 그런데 역사적 사건의 원인을 규명할 때, 우리들은 보다 더 고상한 동기를 찾으려고 하는 경향이 있다.

그러나 진정한 원인이라는 것은, 예를 들어 루터의 종교 개혁은 루터의 금전 욕구가 좌절당한 것이 원인이었다고 하는 정도인지도 모른다. 그럼에도 불구하고 머리통만 큰 역사학자들은 역사적인 대사건뿐만 아니라 평범한 사건에까지 골 깊은 정치적인 동기를 적용시켜 버린다. 이것은 아주 우스운 일이 아닐 수 없다. 인간은 모순투성이다. 따라서 언제나 인간적인 우수한 부분에 의해서만 모든 행동이 좌우되는 것은 아니다.

현명한 사람도 어리석은 짓을 하는 수가 있고, 어리석은 사람이 현명한 일을 하는 수도 있다. 누구나 이율배반적인 감정을 가지고 있다. 때문에 맴도는 것이 인간의 모습이다. 그날의 컨디션과 정신 상태에 따라 변하는 것이 바로 인간이다. 그런데도 가장 가능성이 많다든지 매듭짓기에 좋다는 생각에 고상한 동기를 갖다 붙이려는 것은 잘못인 것이다.

맛있고 영양이 풍부한 식사를 하고 잘 자고, 밝게 개인 아침을 맞이하였다는 이유만으로 영웅적인 활동을 하는 사나이가, 좋지 못한 식사를 하고, 잘 자지 못하고, 게다가 아침에는 비가 왔다는 이유만으로 아주 쉽게 겁쟁이로 변해 버릴 수도 있는 것이다. 그러므로 인간 행위의 진정한 이유는 아무리 규명하려고 해도 억지의 영역을 벗어나기가 어렵다고 생각한다.

기껏해야 이런저런 사건이 있었다고 하는 것만이 우리들이 알 수 있는 진실이다. 시저가 23인의 음모로 살해되었다. 이것은 의심할 여지가 없다. 그런데 이 23인의 음모자들이 과연 진정으로 자유를 사랑하고 로마를 사랑했기 때문에 시저를 죽였을까? 글쎄다. 그것만이 원인일까? 만일 진상이 밝혀지는 일이 있다면 사건의 주모자였던 브루투스까지도, 이를테면 자존심이나 시기심, 원한, 실망 등 이런 여러 가지 사적인 동기가 얽

혀서 시저를 살해한 것이 아닐까? 어쩌면 그러한 농기가 보다 더 확실한 원인이 되지는 않았는지 알 수 없는 일이다.

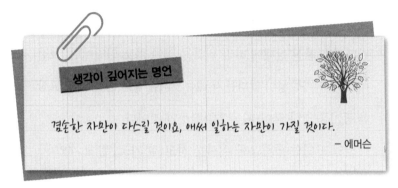

스스로 분석하고 판단하라

회의적인 시각으로 보면 역사적 사실 그 자체도 의심스럽다고 생각되는 경우가 종종 있다. 적어도 그 사실과 결부되어 있는 배경에 관해서는 의심해 볼 필요가 있다. 매일 매일 자신이 경험하는 것을 생각해보라. 역사라고 하는 것이 얼마나 신빙성이 희박한가를 쉽게 알 수 있을 것이다. 예를 들어 최근에 일어난 사건에 대해서 몇 사람이 증언을 할 때, 그들이 하는 말들이 모두 일치하는가? 그렇지 않을 것이다.

착각하고 있는 사람도 있을 것이고, 증언할 때의 뉘앙스가 달라지는 사람도 있다. 자기의 의견대로 올바른 증언을 하는 사람이 있는가 하면, 마음이 변하여 사실을 왜곡하는 사람도 있다. 게다가 기록하는 사람도 반드시 공정하게 기록한다고 할 수는 없다.

그런 맥락에서 보면, 역사학자라고 해서 공정하게 기록하는지 어떤지 알 수가 없다. 학자에 따라서는 자기 자신의 지론을 끝까지 전개하고 싶을 수도 있고, 빨리 그 장章을 끝내고 싶을지도 모른다. '프랑스 역사책의 각 장 첫머리에는 '이것이 진실이다.' 라는 한 마디 말이 반드시 들어 있다. 그것은 재미있는 일이다.'

그러므로 역사학자의 이름만으로 모든 것이 옳다고 생각하지 않는 것이 좋다. 스스로 분석하고 스스로 판단할 일이다.

그렇다고 역사 따위는 공부할 필요가 없다고 말하려는 것은 아니다. 누구나가 인정하는 역사적 사실이라는 것은 존재하며, 사람들의 입에 오르내리며 책에서도 다루어진 사건들에 대해서는 알아두는 것이 좋다.

예를 들면 카이사르의 망령이 브루투스 앞에 나타났다고 기록하고 있는 학자들이 있다. 나는 그런 이야기는 전혀 믿지 않는다. 하지만 그러한 것들이 화제에 오르고 있다는 사실을 전혀 모른다면 이것 역시 부끄러운 일이다.

이외에도 역사학자가 그렇게 기술했기 때문에 아무도 믿지 않고 있는 일이 당연한 일처럼 받아들여지거나 하는 경우도 있다. 그렇게 해서 정착하게 된 것이 바로 이교도 신학이다. 쥬 피드(Jupiter), 마르스(Mars), 아폴로(Apollo) 등 고대 그리스 신들도 그렇다. 보통 사람들은 그들이 만일 실존했다고 해도 평범한 인간이었다고 생각하고 있다.

아무리 역사에 대해서 회의적이라 하더라도 이와 같이 상식화 된 것들은 반드시 제대로 공부할 필요가 있다. 아니 오히려 역사는 인간이 사회를 살아가는 데 있어 어떤 학문보다도 필요한 것인지도 모른다.

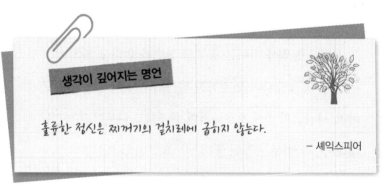

생각이 깊어지는 명언

훌륭한 정신은 찌꺼기의 걸치레에 굽히지 않는다.

— 셰익스피어

과거의 척도로 현재를 재지 말라

단지 과거에도 그랬었기 때문에 현재에도 그렇다고 단정적으로 말해서는 안 된다. 과거의 예를 인용하여 현재의 문제를 검토하는 것은 좋다. 하지만 신중하지 않으면 안 된다. 과거 사건의 진상은 아무리 노력한다 해도 알 도리가 없다. 기껏해야 '추측'이 고작인 것이다. 왜냐하면 과거의 증언은 현재의 증언에 비해 훨씬 애매하기 때문이다. 또 시대가 오래되면 오래될수록 신빙성도 희박해지기 마련이다. 위대한 학자들 중에는 공과 사를 불문하고 비슷하다는 이유만으로 무턱대고 과거의 사례를 인용하는 사람들이 있다.

이것은 참으로 어리석은 일이 아닐 수 없다. 천지창조 이후이 세상에서 똑같은 사건이 일어난 예는 한 번도 없었던 것이다. 게다가 어떠한 역사가라 할지라도 사건의 전모를 기록한 사람은 없으니까 그것을 근거로 하는 논쟁 따위는 아무런 의미가 없다. 따라서 옛날 학자가 기록한 것이라는 이유만으로 인용해서는 안 된다. 사물은 하나하나 개별적으로 논해야 한다. 비슷하다고 생각되는 예는 어디까지나 참고로 끝낼 일이지 그것을 판단의 근거로 삼아서는 안 된다.

역사공부는 이렇게 하라

역사를 공부하는 것은 참으로 중요하다. 대부분의 사람들이 역사에 관한 지식은 믿을 만한 역사학자의 논문이나 저서를 읽고 공부해 왔던 것이다. 그것이 옳든 그르든 우선 지식으로서 알아두는 것이 중요하다. 그렇다면 너는 역사공부를 어떤 방법으로 하고 있는지 궁금하다. 시간과 노력을 절약하기 위해서, 역사적 대사건을 중심으로 공부하고 나머지 것들은 대충 훑어보는 식으로 여유를 부리는 사람이 있는가 하면, 어느 것이나 똑같이 노력하고 기억하려는 사람도 있다.

그러나 나는 다른 방법을 권하고 싶다. 먼저, 국가 별로 간단한 역사책을 읽은 뒤 대략적인 개요를 파악한다. 이와 병행하여 특히 중요한 요점, 예를 들면 누가 어디를 정복했다던가, 왕이 어떻게 바뀌었다던가, 정치 형태가 어떠했다던가 하는 등 중요하다고 생각되는 것들을 뽑아낸다. 뽑아낸 사항들에 관해서 자세히 기록된 논문이나 책들을 읽고 철저히 공부한다. 그때는 스스로 깊이 통찰하는 것이 중요하다.

프랑스의 역사에 관해서는 비록 짧기는 하지만 아주 잘 씌어진 르장드르의 역사책이 있다. 그것을 정독하면 프랑스 역사를 한눈에 알 수 있다. 그리고 역사적인 중요한 포인트를 알고 싶다면 메제레이의 역사책이 도움이 될 것이다. 이 밖에도 하나하나의 시대적 사건에 관해서 자세히 기술하고 있는 역사책이나, 정치적 관점에서 쓴 논문 등 참고가 되는 것들은 많이 있다.

근대에 관하여 쓴 필립 드코미느 회고록을 비롯하여, 루이 14세 시대의 역사책들이 많이 나와 있다. 적당히 골라 읽으면 한 시대와 사건에 대해서 입체적으로 알 수 있을 것이다. 여러 계층의 사람들과 이야기할 기회가 있을 때, 만일 역사와 같이 딱딱한 이야기를 화제에 올릴 수 있는 재주가 있다면, 그것을 시도해 보는 것도 바람직하다.

설령 역사책을 한 권밖에 읽지 않은 사람이라도 그것을 자랑으로 생각하고 이야기해 줄 것이다. 그런 뜻에서 보면 그 나라 여성들은 이런 종류의 책을 많이 읽고 있으니 틀림없이 참고가 될 것이다. 하여튼 현지에서 얻은 지식은 책에서는 얻을 수 없는 정보를 많이 제공해 준다.

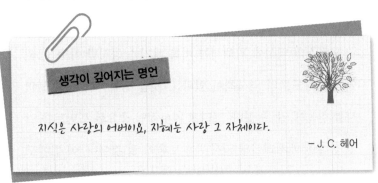

생각이 깊어지는 명언

지식은 사랑의 어버이요, 지혜는 사랑 그 자체이다.

— J. C. 헤어

사회는 마치 한 권의 책과 같다

지금 내가 너에게 권하는 것은 사회라는 책이다. 이 사회라는 책에서 얻은 지식은 지금까지 출판된 책을 합친 지식보다 훨씬 많은 도움이 된다. 따라서 훌륭한 사람들의 모임이 있을 때는 어떤 책을 읽고 있다 하더라도 당장 책을 덮고 모임에 나가는 것이 좋다. 그렇게 하는 것이 너에게 몇 배나 커다란 공부가 되기 때문이다. 그러나 갖가지 일과 오락 등 떠들썩한 일상 속에서 잠시 숨을 돌리는 자유로운 시간이 반드시 필요한 법이다.

그리고 그러한 시간 중에 책을 읽는 일이야말로 더할 나위 없는 안식이요, 기쁨이라고 말할 수 있다. 그 얼마 안 되는 시간을 이용하여 충실하게 책을 읽으려면 어떻게 해야 하는가, 그에 관한 몇 가지 주의사항을 들어보겠다. 우선 시시하고 따분한 책 따위에 시간을 할애하는 일은 삼가는 것이 좋다. 그러한 책은 내용이 없는 경우가 많고, 우리 주위를 둘러봐도 그러한 책은 별 볼일 없는 사람들이 읽는다. 이런 책은 독에도 약에도 소용이 되지 않는 것이므로 애당초 손을 대지 않는 게 좋다.

생각이 깊어지는 명언

조금 아는 사람들은 대부분 말을 많이 하고 많이 아는 사람들은 말을 조금 한다.

― 루소

사회인으로서의 독서 방법

우선 책을 읽을 때는 한 가지 목적을 정한 뒤 그 목적을 달성할 때까지 다른 분야의 책은 손을 대지 말아야 한다. 특히 현대사 중에서도 중요하고 흥미를 끄는 시대별로 망라한 것도 좋은 방법이 아닐까 한다. 예를 들면 베스트팔렌 조약에 초점을 맞추었다고 하자. 현대사의 시작으로서는 참으로 옳은 선택이라고 말할 수 있다. 그렇게 했다면 그것에 관한 책 이외에는 일체 손을 대지 말고 신뢰할 수 있는 역사책이나 회고록, 문헌 등을 차례로 읽고 비교하면 좋다. 이런 종류의 연구에 몇 시간이고 소비하라는 것은 아니다. 좀더 다른 방법으로 자유로이 시간을 유용하게 사용할 수 있으면 그것도 좋다. 다만 독서를 한다면 한꺼번에 여러 가지 테마를 추구하기보다는 한 가지로 줄여서 체계적으로 하는 편이 더 능률적이라는 뜻이다. 여러 가지 책을 읽다 보면 내용이 상반되거나 앞뒤가 맞지 않는 경우도 생길 것이다. 그럴 때는 다른 책을 찾아보면 좋다. 그런 일은 낭비가 아니다. 그렇게 함으로써 오히려 내용이 정립되기 때문이다.

때로는 어떤 현상에 관하여 책을 읽어도 도무지 머릿속에 들어오지 않을 경우가 있다. 그러나 똑같은 내용이라도 정치가들의 이야기가 화제나 논쟁거리가 되었을 때, 그 책이나 관련된 보도로는 입체적으로 파악하지 못했던 일들이 척척 머릿속에 들어오는 수가 있다. 그렇게 해서 얻은 지식이 의외로 완벽할 수 있다. 그리고 그러한 것들은 쉽게 잊혀지지 않는다. 사건이 일어난 현장에 가서 직접 이야기를 듣는 것도 그런 의미에서 좋은 일이다. 사회인이 된 이후에 책을 읽는 방법에 대해서는 다음 몇 가지를 유의하기 바란다.

① 지금은 많은 책을 읽을 필요는 없다. 그보다는 여러 계층의 사람들과 이야기를 나눔으로써 정보를 수집하는 것이 좋다.

② 무익한 책은 절대로 읽지 말라.

③ 한 가지 테마로 좁혀서 그에 관련된 책을 다양하게 읽는다. 위에서 말한 것을 지키면 하루에 30분의 독서도 충분하다.

어느 고장이나 여행할 가치가 있다

이 편지가 너에게 무사히 전달될 때 즈음이면, 너는 아마 베니스에서 로마로 갈 준비를 하고 있을 것이다. 하트 씨에게도 지난 편지로 부탁드린 바와 같이 로마까지는 아드리아 바다를 따라 리미니, 로레토, 앙코나를 거쳐 가면 좋을 것이다. 어느 고장이나 두루 둘러볼 가치가 있다. 그러나 머무를 정도는 아니다. 보는 것으로 충분하다. 그 근처에는 고대 로마의 유물, 이름이 알려진 건축물과 회화, 조각 등 어느 것 하나 놓칠 수 없는 것들이니 유념하여 살펴보아라. 겉으로 훑어보기만 하면 되니까 그렇게 시간이 걸리지는 않을 것이다.

그러나 깊숙한 구석까지 보아야 할 것들은 좀더 많은 시간과 주의력이 필요하다. 젊은이들은 대부분 주의력이 산만하여 보아도 보이지 않고, 들어도 들리지 않는 경우가 많다고들 한다. 수박 겉핥기식으로 보거나 소귀에 경 읽기 식으로 듣는다면 차라리 보지도 듣지도 않는 편이 낫지 않겠니?

그러나 네가 보내 준 여행기를 보니 너는 목적지마다 잘 관찰하고, 갖가지 의문을 가지고 있는 듯하구나. 그것이야말로 여행의 진정한 목적이라고 말할 수 있다. 그래서 마음이 놓인다.

여행을 해도 목적지를 여기저기 옮겨 다닐 뿐, 숙소는 어디인가 하는 것들에만 정신이 팔려 있는 사람들은 바보들이다. 가는 곳곳 교회의 첨탑이나 시계, 화려한 저택 등에 대해서만 보고 크게 떠들어 댈 뿐이라면 얻는 것은 하나도 없다. 그렇게 여행을 한다면 차라리 아무 데도 가지 않는 편이 낫다.

그런데 어디를 가든지 그 고장의 교역, 특산물, 정치 형태, 헌법 등을 자세히 관찰하거나 또는 그 고장의 훌륭한 사람들과의 친분을 깊게 하고, 그 고장의 독특한 예의범절을 잘 파악하고 오는 사람도 있다. 여행에 도움이 되는 것은 바로 이런 사람들의 경우이다. 그리고 이런 사람들은 훨씬 현명해져서 돌아온다.

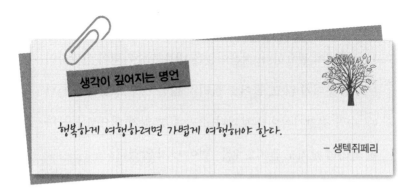

행복하게 여행하려면 가볍게 여행해야 한다.

— 생텍쥐페리

자세히 알고 싶으면 그 고장 사람에게 물어보라

로마는 인간의 감정이 생생하게 갖가지 모양으로 표현되어 있는, 그리고 그것이 훌륭하게 예술로 결집되어 있는 도시이다. 그런 도시는 이 세상에 하나밖에 없다. 그러므로 로마에 머무르는 동안에 사원이나 바티칸 궁전이나 판테온을 구경하는 것만으로 만족하지 않기를 바란다.

제국의 본질, 궁정의 정책, 교황 선거회의의 뒷이야기 등등, 절대적인 힘을 자랑했던 로마 제국의 내면적인 것이라면 무엇이든 좋다. 깊이 파고들어가 볼 일이다. 어디를 가든지 그 고장의 역사와 현재의 상황에 관하여 간단히 소개한 소책자가 있게 마련이다. 그것을 먼저 읽어 두면 좋다.

부족한 부분도 있겠지만 대개는 커다란 지침이 된다. 그것을 읽고 난 뒤 더 자세히 알고 싶은 것이 있으면 그 고장 사람에게 물어 보면 되기 때문이다. 책은 아무리 자세히 기록 되어 있다 하더라도 그것에서 완벽한 정보를 얻기란 어렵다. 영국에도 영국의 현황을 자세히 해설하고 있는 책이 여러 권 나와 있을 것이다.

프랑스에도 그런 책이 많다. 그렇지만 어느 책이나 완벽한 정보로서는 불완전하다. 그것은 자기 나라에 그리 정통하지 못한 사람들이, 저술했거나 또는 정통하지 못한 사람의 글을 그대로 베껴 쓰기도 했기 때문이다. 그렇다고 해서 읽을 가치가 없다는 것은 아니다. 읽다 보면 몰랐던 것을 얻을 수 있다. 만일 그 책을 읽지 않았다면 머릿속을 스치지도 않았을 그런 지식들이다. 모르는 대목이 있으면 단 한 시간이라도 좋으니까 사정에 밝은 의회 의장이나 의원에게 질문해 보아도 좋다.

프랑스 의회의 내부 사정에 대해 조금은 알 수 있게 될 것이다. 만일 군대에 관한 지식이 필요하다면 장교에게 물어 보면 좋다. 사람들은 대개 자기 직업에 각별한 애착을 가지고 있으므로 자기의 직업 이야기를 하고 싶어 하는 법이다. 누구나 자기 직업에 관해 무엇인가 질문을 받으면 신이 난 나머지 마구 지껄이는 경우가 흔하기 때문이다.

그러므로 어떠한 모임에서 군인을 만나는 일이 있거든 훈련법, 숙영방법, 혹은 급료, 역할, 검열 등 알고 싶은 것은 무엇이든지 물어 보도록 하라. 해군에 관한 정보도 마찬가지이다. 이제까지 영국은 프랑스 해군과 항상 깊은 관계를 가져 왔다. 앞으로도 그럴 것 같다.

영국으로 돌아왔을 때 몸으로 직접 익힌 그런 정보가 얼마나 너를 돋보이게 하고, 또 외국과의 실제적인 교섭에 얼마나 도움이 되는지 생각해 보았느냐? 아마도 그것은 너의 기대 이상이라고 생각한다. 실제로 이 분야에 정통하고 있는 사람은 그리 많지 않다. 미개척 분야이기 때문이다.

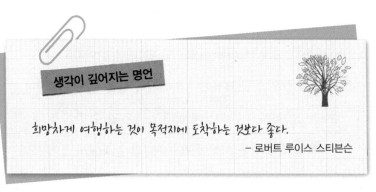

생각이 깊어지는 명언

희망차게 여행하는 것이 목적지에 도착하는 것보다 좋다.
― 로버트 루이스 스티븐슨

분별 있는 행동을 하라

나는 하트 씨와 종종 편지를 주고받는다. 그의 편지에는 항상 너를 칭찬하는 부분이 있다. 특히 이번에는 어느 때보다 많은 칭찬을 했더구나.

로마에 있는 동안에 너는 이탈리아 사람들의 기성사회에 융화되려고 줄곧 노력하였고, 영국 부인의 제의로 결성된 영국인 집단에 가입하려고 하지 않았다면서? 이것은 매우 분별력 있는 행동이다. 또한 그러한 너의 행동에 나는 기쁨을 감출 길이 없다.

한 나라 사람들만을 아는 것보다 여러 나라 사람들을 아는 것이 네게 훨씬 많은 도움이 될 것이다. 이 분별력 있는 행동은 어느 나라에 가 있든지 계속하기 바란다. 특히 파리에는 30명이 아니라 300명 이상의 영국인들이 그룹을 지어 살고 있는데, 프랑스 사람들과는 대화를 나누는 일도 없이 자기네들끼리만 생활하고 있다고 한다.

파리에 머물고 있는 영국 귀족들의 생활상은 대체로 비슷비슷하다. 우선 아침에는 늦게까지 이불 속에 있다 일어나면 바로 아침식사인데 이런 습관은 같은 귀족들끼리만 한다. 이것으로 넉넉히 오전 2시간은 소비한다. 식사가 끝나면, 마차가 터질 정도로 가득 타고는, 궁정이나 노틀담 사원 등을 구경하러 나간다. 다음에는 커피 하우스로 간다. 거기에서 저녁식사를 겸한 즉석 파티가 시작된다.

저녁식사 후에는 총총히 줄지어 극장으로 향한다. 극장에서는 솜씨가 형편없는, 그러나 옷감만큼은 최고급인 양복을 입고 무대 앞에 진을 친다. 연극이 끝나면 일행 모두가 선술집으로 향한다. 그리고 이번에는 퍼붓듯이 술을 마시고는 자기들끼리 다투거나 거리로 나가 싸움을 한다. 결국 경찰관에게 붙잡힌다. 프랑스어를 할 줄 모르는 그들이 본국으로 돌아가서도 타고난 급한 성미는 더 격해질 뿐이고, 본래 없었던 지식도 늘어날 리가 없다. 그래도 해외 바람을 쐬었다는 것을 자랑하고 싶은 마음만은 남다른 듯하여, 함부로 프랑스 말을 지껄이고 프랑스식으로 성장을 하려 하지만, 모두가 엉터리고 꼴불견이다. 결국은 모처럼의 해외생활도 모두 물거품이 된다. 그렇게 되지 않기 위해서라도 너는 프랑스에 있는 동안 프랑스 사람들과 사이좋게 사귀는 것이 좋다. 노신사는 좋은 본보기가 될 것이고, 젊은이들과는 함께 어울려보는 것도 좋다.

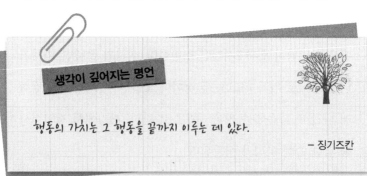

생각이 깊어지는 명언

행동의 가치는 그 행동을 끝까지 이루는 데 있다.

— 징기즈칸

예의는 고장에 따라 시대에 따라 다르다

그렇지만 기껏해야 일주일이나 열흘 동안, 마치 철새처럼 잠깐 머무르는 것만으로는 즐기기는커녕 상대편과 친근하게 사귈 수가 없다. 받아들이는 쪽도 그렇게 짧은 기간으로는 아는 사이가 되는 것을 주저할 수 있다. 그러나 머무르게 되는 기간이 길어지면 이야기는 달라진다. 그 고장 사람과 격의 없이 사귈 시간이 있다. 당연히 나그네라는 감각은 없어진다. 이것이 여행의 진정한 즐거움이 아닐까?

어디를 가든지 그 고장 사람들과 격의 없이 사귀고 그 사회에 융화되어 그 고장 사람들의 참모습에 접근하여야 한다. 이것이 바로 그 고장의 관습을 알고 예절을 이해하며, 다른 고장에는 없는 특성을 아는 유일한 방법이라고 생각된다. 이것은 짧은 시간의 형식적인 방문으로는 얻을 수 없는 것이다. 세계 어디서나 인간이 가지고 있는 성질은 똑같다. 다른 점이 있다면 그것을 어떻게 표현하는가이다. 그것은 고장에 따라, 환경에 따라 서로 다른 모양을 취한다.

우리들은 그 갖가지 모양과 차례로 교제해 나가야 한다. 예를 들면 야심이라는 감정이 있는데, 이것은 어떤 사람이나 모두 가지고 있는 것이다. 그러나 그것을 만족시키는 수단은 교육이나 풍습에 따라 다르다. 예의를 지킨다고 하는 마음도 기본적으로는 누구나 가지고 있는 감정이다. 그러나 그 마음을 어떻게 표현하느냐 하는 것이 모두 같을 수는 없다. 고장에 따라, 시대에 따라, 사람에 따라 다르다. 이러한 예의범절은 우연한 일로 인해서 일시적으로 생겨 지금까지 이어져 온 것이라고 말할 수 있다.

아무리 현명하고 분별 있는 사람이라도 그 고장 특유의 예의범절을 배우지 않고 표현할 수는 없다. 그것을 할 수 있는 사람은 실제 사회에 통달하고 있는 사람뿐이라고 할 수 있다. 예의범절은 이성이나 분별로는 설명할 수 없는 것, 즉 우연히 생긴 것이라는 점을 부인할 수 없다. 그렇지만 그것이 거기에 엄연히 존재하는 이상, 그 관습에 따라야 한다. 예를 들면, 건강을 축복하여 건배한다는 우스운 행동은 이제 거의 어느 고장에서나 볼 수 있는 관습이 되었다. 내가 가득 채워진 한 잔의 술을 마시는 일과 다른 사람의 건강과는 도대체 무슨 관계가 있단 말인가?

상식적으로 생각해 봐도 도저히 이해가 가지 않는다. 그렇지만 그러한 상식이, 나 자신도 그 관습에 따르는 것이 좋다고 권하고 있는 것이다. 너의 양식은 '남에게 예의 바르게 해라, 좋은 생각을 가져라.'라고 명령한다. 그러나 때와 장소와 사람에 따라서 어떻게 예의 바르게 행동할 것인가는 실제로 눈으로 보고 몸으로 익히기 전에는 알 수가 없다. 이것은 앞에서도 이미 말한 바와 같다. 그것을 익히고 돌아오는 것이 올바른 여행 방법이 아니겠느냐?

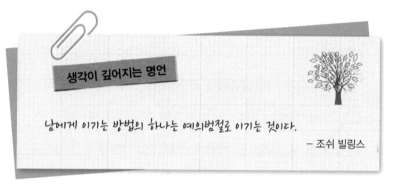

생각이 깊어지는 명언

남에게 이기는 방법의 하나는 예의범절로 이기는 것이다.

– 조쉬 빌링스

어디를 가든 관광만으로 만족하지 말라

분별 있는 사람은 어디를 가든 그 고장의 풍습을 배워 그것에 따르려고 노력한다. 전 세계 어디를 가든 도덕적으로 용납될 수 없는 일이 아닌 이상은 어떤 일에서나 그렇게 따르는 것이 좋다.

그때 가장 도움이 되는 것이 바로 적응력이다. 순간적으로 그 장소에 적합한 태도를 결정할 수 있는 능력이 그것이다. 진지한 사람 앞에서는 진지한 표정을 지을 수 있고, 쾌활한 사람에게는 밝게 행동을 한다. 그러한 능력을 몸에 익히도록 힘껏 노력해 주길 바란다.

여러 고장을 방문하여 똑똑한 사람들과 교제함으로써 너는 그 고장의 인물로 변신할 수 있다. 파리에서는 프랑스인이, 로마에서는 이탈리아인이, 그리고 런던에서는 영국인이 되는 것이다.

그런데 너는 이탈리아어를 잘 몰라 골칫거리라고 생각하고 있는 모양이구나. 그렇지만 프랑스의 귀족들을 보아라. 그들은 말을 할 때 스스로는 깨닫지 못하고 있지만 훌륭한 산문을 읊고 있다. 그와 마찬가지로 너도 스스로 깨닫지 못하고 있겠지만 훌륭하게 이탈리아어를 이해하고 있는 것이다. 왜냐하면 너만큼 프랑스어와 라틴어를 알고 있으면 이탈리아어의 절반은 알고 있는 것이나 다름없기 때문이다. 사전 따위는 거의 찾을 필요를 느끼지 않을 테니까 말이다.

다만 숙어나 관용구 또는 미묘한 표현 등은 실제로 말해 보는 것이 제일 좋다. 상대편의 말을 주의해서 듣고 있으면 그런 것을 곧 익힐 수 있다. 그러므로 틀렸든 맞았든 염려하지 말고, 질문을 할 수 있을 만큼의 단어와, 질문에 답할 수 있을 만큼의 단어를 알게 되면 주저하지 말고 자꾸자꾸 사람들에게 말을 걸어보는 것이 좋다.

프랑스어로 "안녕하세요."라고 말을 거는 대신, 이제 방금 익힌 이탈리아어로 "안녕하세요."라고 말하면 된다. 그러면 상대편은 이탈리아어로 무엇이라고 대답하여 줄 것이다. 잘 듣고 외우면 된다. 되풀이하는 동안에 어느 사이엔가 자기가 이탈리아어를 잘 할 수 있게 됐음을 깨닫게 될 것이다. 이탈리아어는 의외로 간단한 언어이다.

지금까지 여러 가지를 이야기했다. 너를 해외로 내보낸 것도 이런 것들을 몸에 익혔으면 하고 원했기 때문이다. 어디를 가든지 관광만으로 만족하지 말고 그 고장 사람들과 친밀하게 사귀어 관습과 예의범절을 익히고 그 곳의 말을 익혀오기 바란다. 네가 이 정도의 것들을 완수하게 된다면 나의 수고도 보답을 받은 것이라고 할 수 있다.

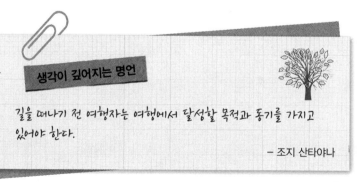

생각이 깊어지는 명언

길을 떠나기 전 여행자는 여행에서 달성할 목적과 동기를 가지고 있어야 한다.

— 조지 산타야나

제 5 장

판단력과 표현력을 갖추는 결정적인 방법
자기주장이 없는 사람은 절대로 발전할 수 없다.

" 자신의 주장을 굽히지 않는 자는 진실을 사랑하는 것 이 상으로 자신을 사랑하는 사람이다. **"**

쥬베르(joubert 프랑스의 도덕가 1754~1824)

양치는 목동이나 궁정 사람이나 똑같은 인간이다

이 편지가 도착할 즈음이면 너는 벌써 라이프치히에 돌아와 있을 것이다. 드레스덴에서의 궁정 사회에 첫 발을 내딛는 순간 너는 과연 어떠한 인상을 가졌을지 궁금하구나. 현명한 너이니만큼 축제의 들뜬 기분은 드레스덴으로 보내버리고, 라이프치히에서는 곧바로 공부에 열중하리라 믿는다. 만일 궁정이 마음에 들었다면, 공부해서 지식을 축적하는 것이 남에게 인정받는 가장 가까운 지름길임을 명심해 두기 바란다.

지식도 덕도 없는 궁정인은 차마 눈뜨고 볼 수가 없다. 그런 사람은 불쌍한 사람들이다. 그와는 반대로 지식과 덕이 있고, 기품을 몸에 지닌 사람들은 참으로 훌륭하다. 너도 그것을 목표로 삼는다면 좋겠다.

궁정은 '거짓말과 거짓의 덩어리이며, 겉과 속이 전혀 다른 세계'라는 말을 곧잘 듣지만, 과연 그것이 옳은 말일까? 나는 그렇게 생각하지 않는다. 그러나 어느 한편으로 생각해 보면 궁정은 가식과 거짓의 덩어리이며, 겉과 속이 전혀 다를 수가 있기는 하다. 그러나 그것이 비단 궁정 사회에만 한정된 이야기는 아니다.

이 세상에 그렇지 않은 곳이 있다면 그 곳은 아마 이상향일 것이다. 농부들이 모여 사는 농촌의 오두막도 역시 비슷한 요소를 담고 있지 않을까? 다른 점이라면 예의범절이 다소 거칠다는 정도일 것이다. 서로 이웃해 있는 논밭을 가진 농부들은 '어떻게 하면 이웃 사람보다 더 많이 출하할 수 있을까' 또는 대지주 앞에서는 '어떻게 해야 그의 마음에 들까' 하고 필사의 작전을 세우기도 한다. 그것은 궁정 안의 사람이 왕자의 비위를 맞추는 것과 조금도 다를 바가 없다. 시골 사람들은 순진하고 거짓이 없다고 많은 사람들은 얘기한다. 단순하고 어리석은 자들이 아무리 그래도 진실은 변함이 없다. 양치는 목동이나 궁정 사람이나 똑같은 인간이다. 마음으로 느끼는 것, 생각하는 것에는 아무것도 다를 바가 없다. 다만 그 방식이 조금 다를 뿐이다.

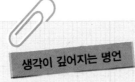

생각이 깊어지는 명언

인간은 평등하다. 그러나 태생이 아닌 미덕이 차이를 만든다.

— 볼테르

일반론을 내세우는 사람을 경계하라

일반론을 내세우는 일, 일반론을 믿는 일, 일반론이 옳다고 인정하는 일에는 신중을 기해 주기 바란다.

일반론을 내세우는 인간들 중에는 자만심이 강하며 교활한 인간이 많다. 정말로 현명한 인물은 그런 것을 굳이 내세울 필요가 없다. 교활한 인간이 일반론을 내세우는 이유는 그런 것에 의지하지 않으면 안 되는 빈곤한 지식만을 소유하였기 때문이다.

세상에는 국가나 직업에 관해서 뿐만 아니라, 여러 가지 일반론이 활개를 치고 있다. 그것들 중에는 그릇된 것도 있고 올바른 것도 있다. 그러나 대체적으로 자신의 생각을 갖지 않은 사람이 일반론이라는 장식품을 몸에 지니고 그것에 의존해 남의 눈에 띄기를 바라고 있다.

그러한 사람은 다른 사람이 웃음을 자아내게 하려고 일반론을 내세우면, 일부러 위엄 있는 얼굴을 하고서 "그렇습니까? 그래서요?"라며, 그 다음의 이야기가 당연히 계속 있어야 할 것이 아니냐는 태도를 취한다. 또한 그 반대의 입장이 되면 자신이 없어져 단지 농담 같은 일반론을 조금 지껄이다가는 그 다음 말을 계속 하지 못하고 우물쭈물할 것이다.

결국 스스로 확고한 지식을 가지고 있는 사람은 일반론 따위에 의하지 않더라도, 말하고 싶은 논지를 명확히 말할 수 있는 것이다.

시시한 일반론에 의지하지 않고 그런 것을 내세우지 않아도 충분히 즐겁고 유익한 화제를 제공할 수 있다.

결국, 그런 사람은 빈정거리며 말하거나 일반론을 증거로 내세우는 일없이 상대편을 결코 지루하게 만들지 않는다. 그는 기지에 찬 이야기를 할 수가 있는 것이다.

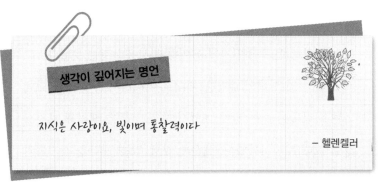

생각이 깊어지는 명언

지식은 사랑이요, 빛이며 통찰력이다

– 헬렌켈러

사물을 깊이 생각하는
습관을 몸에 익혀라

　너는 이제 사물을 차분히 관찰하고 생각할 수 있는 나이라
고 여겨진다. 같은 나이 또래의 청년으로서 그것을 할 수 있
는 사람이 흔하지 않겠지만 너는 꼭 사물을 깊이 생각하는 습
관을 몸에 익히기 바란다. 하기야 나도 그것을 실천한 것은 나
이가 상당히 들어서이다. 16~17세까지도 나는 스스로 생각하
지를 못했다. 그 후 조금은 생각하는 능력을 갖게 됐으나 여전
히 생각한 것을 무엇인가에 용이하게 사용하지는 못했다. 그
때의 나는 읽은 책의 내용을 제대로 이해하지도 못하고, 교제
하는 사람들이 하는 말에 대해서 옳고 그름은 생각해 보지도
않고 그대로 받아들였다. 때문에 분별 있는 생각을 갖기는커

녕 정신을 차렸을 때는 이미 편견에 휘말려 들어가고 있었다.

스스로가 깨닫지 못하는 사이 진리를 추구하는 대신에 잘못된 생각을 기르고 있었던 것이다. 그렇지만 일단 스스로 생각하겠다는 결심을 굳건히 하고 그것을 시작해 보니 놀랍게도 사물을 보는 눈이 달라졌다. 주어진 사고방식으로 사물을 보거나, 실체가 없는 곳에 큰 힘을 부여하던 그 전과는 달리 사물이 얼마나 정연하게 보였는지 모른다. 물론 나는 지금도 다른 사람으로부터 영향 받은 사고방식에서 크게 벗어나지 못하고 있다.

오랜 세월 동안에 다른 사람으로부터 알게 모르게 전해진 사고방식이 그대로 나 자신의 사고방식이 된 것도 많이 있다.

사실상, 젊었을 때 가르침을 통해 그냥 그대로 영향 받은 생각들과 몇 년이 지난 지금에 이르러 스스로의 힘으로 길러 온 생각들 사이에는 구별을 할 수 없는 것도 있기는 하다.

독단과 편견에 사로잡혀서는 안 된다

나의 맨 처음 편견은 고전에 대한 절대주의였다. 물론 어린 시절의 도깨비나 망령, 악몽 등에 대한 잘못된 사고방식은 제외한다. 이것은 많은 고전을 읽거나, 선생님들로부터 강의를 받는 동안 자연히 생겨난 것으로, 가히 절대적이었다. 나는 최근 1,500년 동안, 이 세상에 양식이나 양심 따위는 부서진 조각조차도 존재하지 않는다고 믿고 있었다.

양식 있는 것 양심 있는 것은 고대 그리스 로마 제국과 함께 멸망해 버렸다고 생각하였던 것이다. 호메로스(그리스 최대의 서사시인, '일리아드', '오디세이'의 저자)와 버질(Virgil 로마의 시인 70~19 B.C)은 고전이기 때문에 옳고 밀턴(Milton 영국의 시인 1608~1674)과 타소(Tasso 16세기 이탈리아 서사시인 1544~1594)는 현대인이기 때문에 볼 만한 것이 없다고 생각했다. 그렇지만 지금은 다르다. 300년 전의 인간이나 지금의 인간이나 똑같다고 생각한다.

어느 편이나 평범한 인간이다. 다만 그 존재 방식이나 관습만이 시대에 따라서 변할 뿐이다. 동물이나 식물이 1,500년 전, 또는 300년 전과 비교하여 크게 진보하지 않았듯이, 인간도 1,500년 전, 300년 전의 인간들이 더 똑똑하고 용감하며 현명하다는 것은 있을 수 없는 일이다. 학자인 체하는 교양인은 자칫 고전을 신봉하고, 그렇지 않은 사람은 보다 더 현대적인 것에 열광적으로 매달리는 경우가 많다.

그렇지만 지금 말한 것들을 종합해서 생각해 보면, 현대인에게도 고대인에게도 장단점이 있고, 모두 똑같이 좋은 일도 하고 나쁜 일도 한다는 결론을 얻을 수 있다. 나는 고전에 대한 독단적인 생각도 대단했고, 종교에 대한 편견도 상당했다. 한때는 영국 국교를 믿지 않으면 이 세상에서 가장 정직한 사람이라도 구원을 받지 못한다고 믿고 있었다.

사람의 생각이나 의견은 간단히 바꿀 수 없는 것이라는 사실, 또 자기 자신의 의견이 다른 사람의 의견과 다를 수 있는 것처럼, 다른 사람도 나와 의견이 다를 수 있고 설사 의견이 다르더라도 서로 진지하면 그것으로 족하며 관용을 베풀어야 된다는 것을 나는 그 당시에 알지 못했다.

독단적인 생각은 앞에서도 말했지만, 사교계에서 남의 눈에 돋보이기 위해서 '언뜻 보기에 놀기 잘하는 한량처럼 뽐내려고 했던 것은 어리석은 생각이다. 놀기 잘하는 한량처럼 보이는 사람들이 사교계에서 주목을 끈다는 말을 듣고서, 깊이 생각해 보지도 않고 그냥 그대로 자신의 목표로 설정해 버린 것이다. 아니 어쩌면 그보다 그것을 부인함으로써 그것을 목표로 삼고 있는 사람들로부터 비웃음을 사지 않을까라는 두려움이 있었는지도 모른다. 그렇지만 지금은 그런 것이 두렵지 않다. 아무리 박식한 사람이라도 놀기 잘하는 한량은 하나의 오점에 불과하다. 이를테면 그들은 인정을 받고 싶어 하는 사람들로부터 오히려 낮은 평가를 받을 뿐이다. 게다가 그것은 없는 결점까지도 있는 것처럼 보이는 결과를 낳기도 한다. 편견이라는 것은 그처럼 무서운 것이다.

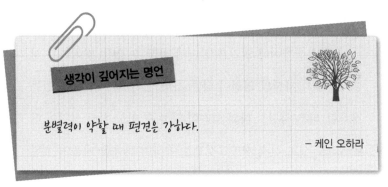

생각이 깊어지는 명언

분별력이 약할 때 편견은 강하다.

— 케인 오하라

첫 인상에 현혹되지 말라

그렇지만 네가 가장 주의해 주기 바라는 것은, 이해력도 훌륭하고 사고방식도 건전한 사람들이 간혹 진리를 추구하려는 노력을 게을리 하고 있다는 점이다. 그 예를 들자면 유사 이래 줄곧 믿어져 온 '전제정치 아래서는 참다운 예술도 과학도 자라지 못한다.'라는 말을 꼽을 수 있다. 과연 자유가 제한되어 있는 곳에서는 재능도 봉쇄되어 버리는 것일까? 이 생각은 언뜻 보기에는 그럴 듯하게 보이지만 그것은 분명히 틀리는 얘기다.

농업과 같은 기술이라면 정치의 형태에 의하여 소유지나 이익이 보장되지 않을 경우, 확실히 진보하기 어려울지 모르겠다. 그렇지만 전제 정치가 수학자나 천문학자, 또는 웅변가 등의 재능을 억제해 버린다는 말을 듣거나 실례를 본 적이 없다. 설혹 시인이 좋아하는 주제를 자신이 선호하는 방식으로 표현할 수 있는 자유를 빼앗길지도 모른다. 그렇지만 정열을 쏟을 대상을 빼앗기는 것은 아니다.

재능이 있다면 그것까지 잘려 버릴 염려는 없는 것이다. 무엇보다도 이 생각이 옳지 않음을 증명한 사람들은 프랑스의 작가들이다. 코르네유, 라신(Racine 프랑스 극작가 639~1699) 몰리에르, 브왈로(Boileau 프랑스, 비평가 시인 1636~1711) 라퐁텐(La Fontaine 프랑스 시인1621~1695)등 그들은 아우구스투스(Augustus 로마 제정 초대 황제 63~14 B.C) 시대와 필적할 만하다고 생각되는 루이 14세의 압제 하에서 그 재능을 꽃 피웠던 것이다.

아우구스투스 시대의 우수한 작가들이 재능을 발휘한 것은 잔인하고 쓸모없는 황제가 로마 시민의 자유를 구속하고 난 뒤였다는 것을 기억하기 바란다. 나는 결코 전제 정치를 편들어서 이야기하고자 하는 것이 아니다. 압제는 인간의 기본적 권리를 침해하는 가장 악랄한 범죄 행위라고 생각하고 있다.

먼저 자신의 생각을 가져야 한다

머리를 써서 사물을 똑똑하게 생각하는 습관을 기르기 바란다. 현재의 네 사고방식을 하나하나 점검하여 정말 자신의 생각으로 그런 결론에 도달했는가, 남이 가르쳐 준 대로 생각하고 있는 것은 아닌가, 편견이나 독단적인 생각은 없는가 하고 살피는 일부터 시작하기 바란다. 여러 사람들의 의견을 듣고 옳은가 그른가, 어디가 옳지 않은가를 생각하고 모든 것을 종합해서 자기 자신의 생각을 가져야 한다. 좀더 일찍 판단했더라면 좋았을걸 하고 후회하는 일이 없도록 하라.

물론 인간의 판단력이 언제나 옳다는 것은 아니다. 때때로 틀릴 수도 있다. 그렇지만 이렇게 하는 것이 가장 적게 틀릴 수 있다는 내 생각에는 변함이 없다. 그것을 보충해 주는 것이 책이고, 사람들과의 교제이다. 그러나 책이든 사람과의 교제이든 무턱대고 지나치게 믿고, 받아들여서는 안 된다. 그것들은 어디까지나 개인에게 주어진 판단력의 보조물에 불과하다. 번잡하고 귀찮은 일이 여러 가지 많겠지만, 그것들 중에서도 특히 많은 사람들이 생략하고 싶다고 생각하는 작업만큼은 부디 생략하지 않길 바란다.

올바른 판단력을 길러야 한다

어떠한 장점이나 덕행에도 그와 비슷한 단점이나 부덕이 있는 법이다. 자칫 한 발 잘못 디디게 되면 생각지도 못한 과오를 범하는 수가 있다. 관대함은 정도가 지나치면 응석받이를 만들고, 절약은 인색함이 되고, 용기는 무모함을, 지나친 신중은 비겁함을 낳는다. 결점이나 부도덕한 행위를 하지 않도록 주의하는 것 이상으로, 장점이나 덕을 가지고 있다는 것에도 주의가 필요한 것이 아닌가 하는 느낌을 지울 수 없다. 부도덕한 행위라는 것 자체가 아름다운 것은 아니므로 한 번 보면 무의식중에서도 시선을 회피하게 된다.

그 이상 깊이 관련하고자 하는 생각은 일어나지 않는다. 하지만 도덕적 행위는 아름답다. 그러므로 처음부터 마음을 빼앗기게 되고 알면 알수록 매혹되어 간다. 얼마 안 가서 자신도 취해 버리는 것이다. 올바른 판단이 필요한 것은 바로 이때이다. 도덕적 행위가 마지막까지 계속 도덕적 행위로 유지되기 위해서, 그리고 장점이 끝까지 장점이 되기 위해서는 매혹되어서 정신을 잃으려는 자신을 채찍질하며 굳건히 버티어야 한다.

이런 말을 꺼낸 것은 다름 아니라 '학식이 풍부하다'고 하는 장점을 가진 사람이 자칫 빠지기 쉬운 함정에 관해서 이야기하고 싶었기 때문이다. 지식이 많다는 것도 올바른 판단이 없으면 아니꼽다든가 학자인 체한다고 하는 엉뚱한 험담을 듣게될지도 모른다. 너도 언젠가는 많은 지식을 갖게 될 것이다. 그때를 위하여 보통의 사람들이 빠지기 쉬운 함정에 빠지지 않도록 지금부터 주의를 해두는 것이 바람직하다.

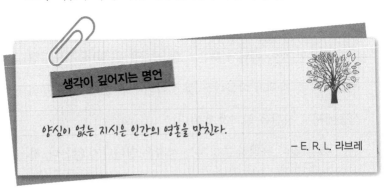

생각이 깊어지는 명언

양심이 없는 지식은 인간의 영혼을 망친다.

- E. R. L. 라브레

지식이 늘어날수록 몸가짐은 겸허해야 한다

학식이 풍부한 사람은 자신이 가진 지식에 자신을 과신한 나머지 남의 의견에 귀를 기울이지 않는 일이 많다. 그리고 일방적으로 판단을 강요하거나 멋대로 단정하기도 한다. 그렇게 하면 어떤 결과가 오겠는가? 사람들은 모욕을 당하고 상처를 입었다고 생각하여 순순히 따르지 않을 것이다. 격분을 하고 심한 경우는 법적 수단에 호소하는 사태가 일어날지도 모른다. 이것을 피하기 위해서는, 지식의 양이 늘어나면 늘어날수록 겸허한 태도를 보여야 한다.

자기 자신을 지나치게 내세우면 안 된다. 의견을 말할 때도 단정적으로 딱 잘라서 말하지 않는다. 남을 설득하고 싶으면 상대편의 의견에 차분히 귀를 기울인다. 그 정도의 겸허함이 없으면 안 된다. 네가 학자인 체하여, 얄미운 녀석이라는 지탄을 받지 않을 가장 좋은 방법은 너의 지식을 자랑하지 않는 일이다. 주위 사람들과 똑같이 평범하게 이야기한다. 화려하게 꾸미지 말고 순수하게 내용만을 전달하면 된다.

주위 사람보다 조금이라도 훌륭한 것처럼 보이게 하거나, 학문이 있는 것처럼 보이려고 하면 안 된다. 지식은 회중시계처럼 호주머니 속에 넣어 두면 된다. 호주머니 속에서 꺼내거나 묻지도 않은 시간을 가르쳐 주거나 할 필요는 없다. 시간을 묻는 사람이 있을 때 조용히 대답하면 된다. 학문은 몸에 지니고 있지 않으면 필요할 경우 꺼내 쓸 수 없어서 곤란할 때가 있다. 몸에 지니고 있지 않으면 크게 창피를 당하게 된다. 그렇지만 지금 내가 말한 것과 같은 잘못을 저질러서 비난을 받지 않도록 주의해야 한다.

 생각이 깊어지는 명언

진정한 지식은 사람을 겸손하고 세심하게 만든다. 건방지고 주제넘은 행동은 무식함의 표현일 뿐이다..

– J. 글랜빌 〈과학적 회의〉

학자 바보보다
교양없는 수다쟁이가 낫다

오늘은 아주 피곤하다. 녹초가 되었다고나 할까. 아니, 혼났다는 표현이 더 적절하겠다. 친척뻘 되는 학식이 높고 훌륭하다고 할 만한 신사가 찾아와서 함께 식사하고 저녁 한 때를 같이 보내게 되었다. 이렇게 말하니 "왜요? 오히려 즐거웠을 텐데요?"라고 반문할지 모르지만 이거야말로 정말 구제불능이었다. 이 인물은 예의도 모르거니와 말할 줄조차 모르는 이른바 '학자 바보'였다. 그는 아마도 오랫동안 연구실에 처박혀서 모든 것들에 관해 생각을 거듭한 끝에 자기주장을 확립한 것이리라. 말끝마다 자기주장을 들고 나와, 내가 조금이라도 자신의 의견에 벗어난 말을 하기라도 하면 눈을 크게 뜨고 분개하는 것이다.

확실히 그의 주장은 모두 지당하다. 그런데 유감스럽게도 현실성이 결여되어 있었다. 왜 그러냐 하면 그는 책만 읽었지 사람과 교제하지 않았던 까닭이다. 자기 생각을 말로 표현할 때도 전달하는 것이 굉장히 힘들었다. 말이 입에서 쉽게 나오지 않았다. 소리가 나는가 하면 곧 끊어진다. 게다가 그 말하는 모습은 무뚝뚝하고 동작은 세련되어 있지 않았다. 나는 곰곰이 생각했다. 아무리 학식이 풍부한 훌륭한 인물이라도 이런 사람과 이야기를 해야 한다면 차라리 조금은 세상을 알고 있는 교양 없는 수다쟁이와 이야기하는 편이 훨씬 낫겠다고 여긴 것이다.

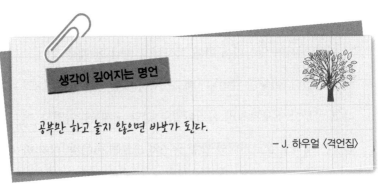

생각이 깊어지는 명언

공부만 하고 놀지 않으면 바보가 된다.

– J. 하우얼 〈격언집〉

학식은 많지만 세상을 모르는 사람은 곤란하다

세상을 모르는 자가 휘두르는 이론이란, 세상이 그렇게 판에

박은 듯이 돌아가지 않는 것임을 아는 인간을 매우 피로하게 만든다. 가령 "세상은 그런 것이 아니에요."라고 말참견을 한다고 하더라도 그런 말을 시작하려면 끝이 없고, 게다가 상대는 이런 말에는 귀도 기울이지 않으니 난감하다. 그것도 깊이 생각하면 이해가 간다. 상대는 옥스퍼드 대학이나 케임브리지 대학에서 몸에 녹이 슬도록 연구한 사람이니까 말이다. 예를 들면 인간의 두뇌에 관해서이거나 마음에 관해서 또는 이성, 의지, 감각, 감상에 관해서 보통 사람이 생각지도 못하는 것까지 세분화하여 철저히 연구하고 분석하고, 그렇게 해서 자기 학설을 확립한 사람들인 것이다. 그러니 그렇게 쉽게 물러설 리가 없다.

자기가 옳다고 생각하는 것도 당연하다. 다만 곤란한 것은, 그는 실제로 인간을 관찰한 일도 없고 교제한 일도 없으므로 세상에는 여러 가지 인간이 있으며 갖가지 관습, 편견, 기호를 가지고 있다는 사실과 그것들을 모두 종합한 끝에 한 사람의 인간이 존재한다는 것을 전혀 모르고 있다는 점이다.

이를테면 인간에 관해서는 완전히 무지라는 말이다. 그런 형편이다. 예를 들면 연구실에서 '인간은 칭찬을 받으면 기뻐한다.'라는 이론을 발견하여 자신도 그것을 실천하려고 하지만 실제로 그 방법을 모른다. 모르면 어떻게 하나? 그렇다. 무턱대고 칭찬할 수밖에 없다.

그렇게 하면 결과가 어떻게 되는가는 너도 쉽게 상상할 수가 있을 것이다. 칭찬하는 말이 장소에 어울리지 않았거나, 계제가 나빴거나, 그러한 것이었다면 차라리 아무 말도 하지 않는 편이 더 나을 것이다. 그들은 머릿속이 온통 자기의 의견으로만 가득 차 있어, 주위 사람들이 지금 어떠한 상황에 있는지 어떠한 이야기를 하고 있는지는 생각이 미치지 않는다. 또 생각하려는 마음조차 갖지 못하고 있다. 가는 날이 장날이랄까? 앞뒤 생각지 않고 칭찬해 버린다. 칭찬을 받은 사람이 어리둥절해하고 당황해하게 되는 것이다.

생각이 깊어지는 명언

하나의 일에 관해 모든 것을 알기보다는 모든 일에 관해 조금씩 아는 편이 훨씬 낫다. 그것이 세상을 사는 데 유익하기 때문이다.
— B.파스칼 〈명상록〉

인간은 상황에 따라서 다양한 빛깔로 변한다

세상을 모르는 학자에게는 아이작 뉴턴이 프리즘을 통해서 빛을 보았을 때처럼 인간이 몇 가지 색으로 분류되어 보인다. 이 사람은 이 색, 저 사람은 저 색이라는 식으로 말이다. 그런데 경험이 풍부한 염색업자는 다르다. 색에는 명도가 있고 채도가 있다는 것을 알고 있다. 똑같은 색으로 보여도 자세히 보면 서로 다른 여러 가지 색이 섞여 있음을 알고 있다. 애당초 똑같은 색만으로 된 인간은 없다. 뿐만이 아니다.

비단이 빛을 받는 정도에 따라서 여러 가지 색으로 변하는 것처럼 상황에 따라서 다양한 빛깔로 변하는 것이 인간이다. 이런 것은 세상을 살아가는 사람이라면 누구나 다 알고 있다.

그런데 세상에서 격리되어 홀로 연구실에 틀어박혀 있는 자신만만한 학자는 그것을 모른다. 이는 머리로 생각해서는 알 수 없는 것이다. 그러므로 연구한 것을 실천하려고 해도 앞뒤가 맞지 않아 당황하게 된다. 춤추는 것을 본 일이 없는 사람이나 댄스를 배운 적이 없는 사람은 아무리 악보를 읽을 줄 알고 멜로디나 리듬을 이해할 수 있더라도 춤을 출 수는 없다.

모든 것이 이와 같다. 자신의 눈으로 보고 귀로 들어서 세상을 알고 있는 사람과는 확실히 다른 것이다. 이와 똑같이 칭찬하는 위력을 안다면, 언제 어디서 어떻게 칭찬하면 좋은가를 명확히 분별할 필요가 있다. 그들은 직접 칭찬을 거의 하지 않는다. 완곡하게 비유적으로 또는 암시적으로 칭찬을 한다. 결국, 머리로 생각하는 것과 현실 사이에는 커다란 격차가 있다는 것을 알아야 한다.

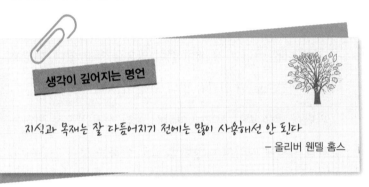

생각이 깊어지는 명언

지식과 목재는 잘 다듬어지기 전에는 많이 사용해선 안 된다
— 올리버 웬델 홈스

책에서 얻은 것을 실생활에 적용해라

너는 지식이 모자란 사람이 우수한 사람을 상대로 눈치 채이지 않고 능숙하게 그를 조정하고 있는 것을 본 일이 있느냐? 나는 지금까지 여러 번 그러한 예를 보아 왔다.

그런 일이 가능한 것은 열등한 사람 쪽이 지식은 부족하지만 세상을 사는 지혜는 뛰어난 경우였다. 그들은 세상 물정에 어두운 사람들의 맹점을 파고들어 마음대로 움직이고 있는 것이다. 자기 눈으로 관찰하고 실제로 체험해서 세상을 알고 있는 사람은 단지 책을 통해서 세상을 알고 있는 사람과는 근본적으로 다르다.

그것은 잘 훈련받은 말이 노새보다 훨씬 쓸모 있는 것과 똑같다. 너도 지금까지 공부해 온 것과 보고들은 것을 총괄하여 나름대로의 판단을 내리고 인격이나 행동 양식 그리고 예의범절을 확립하지 않으면 안 되는 시기에 이르렀다. 앞으로의 세상을 알고 살아가는 지혜를 연마하기만 하면 되는 것이다. 그런 의미에서 보면 사회에 관해서 쓴 책을 읽는 것은 매우 바람직하다.

책에 기록되어 있는 것과 현실을 비교해 보면 많은 도움이 될 것이다. 이를테면 오전 중의 공부 시간에 라 로슈푸코(La Rochefoucauld 프랑스의 도덕가 1613~1680)의 격언을 몇 구절 읽고 깊이 고찰했다고 하자. 그러면 늦은 밤 사교 모임에서 만난 사람들에게 적용시켜 확인하여 보는 것이다. 인간의 심리적인 움직임이나 감정의 동요 등에 대해 책에는 여러 가지 사례가 적혀 있다.

그것을 읽어보는 것은 좋다. 그렇지만 그것으로 끝나서는 안 된다. 실제로 사회에 발을 들여놓고 실행하지 않으면 어렵게 얻은 지식도 결코 산지식이 되지 못한다. 때로는 그것이 오히려 잘못된 방향일 수도 있다. 방안에서 세계 지도를 펴놓고 뚫어지게 쳐다본들, 세계에 관해서는 아무것도 알지 못하는 법이다.

어떻게 설득력을 기르는가

영국에서 율리우스 달력을 그레고리오 달력으로 개정하기 위한 법안을 상원에 제출했을 때의 일을 이야기해 보자. 틀림없이 너에게 참고가 될 것이라고 생각한다. 율리우스 달력이 태양력을 11일 초과한 부정확한 달력이라는 것은 모두들 잘 알고 있는 사실이다.

그것을 개정한 사람은 교황 그레고리우스 13세이며, 그레고리오 달력은 즉시 유럽의 가톨릭 국가에 받아들여졌고, 이어서 러시아, 스웨덴, 영국을 제외한 모든 프로테스탄트 국가에 채택되었다. 나는 유럽의 주요 국가들이 그레고리오 달력을 사용하고 있는데, 여전히 영국은 잘못이 많은 율리우스 달력을 사용하고 있다는 것이 매우 불명예스러운 일이라고 생각했다.

나 이외에도 해외를 왕래하고 있었던 정치가들이나 무역상들 중에는 율리우스 달력의 불편과 불합리함을 느끼고 있는 사람이 무척 많았던 것 같다. 그래서 나는 영국의 달력을 개정하기 위하여 행동을 하기로 결심하였다.

호감이 가는 태도로 이야기하라

먼저 나라를 대표할 만한 우수한 법률가와 천문학자 몇 사람의 협력을 얻어 법안을 작성하였다.

나의 고생이 시작된 것은 여기서부터이다. 당연한 일이긴 하지만, 법안에는 법률 전문 용어와 천문학상의 계산이 가득 담겨져 있었다. 그리고 그것을 제안하기로 되어 있었던 사람은 바로 나였다. 법안을 성립시키기 위해서는 나에게도 다소의 지식이 있다는 것을 의회 사람들에게 알릴 필요가 있었고, 또 이런 일을 잘 모르는 의원들에게 납득이 가는 듯한 기분을 갖게 할 필요가 있었다.

나에게는 천문학에 서명을 하는 일이 켈트어나 슬라브어를 배워 그 언어로 말을 하는 것과 같이 크게 어려운 일은 아니었지만, 의원들 입장에서 보면 어려운 천문학 이야기 따위는 별 흥미가 없을 것임에 틀림이 없었다. 그래서 결단을 내려서 내용 설명이나 전문 용어의 나열은 집어 치우고 의원들의 마음을 붙잡는 일에만 노력을 기울이기로 하였다.

나는 이집트 달력에서부터 그레고리오 달력에 이르기까지의 경위만을 가끔 일화를 섞어 가면서 재미있게 설명하였다. 말씨, 문체, 화술, 몸놀림에 특히 신경을 써야 했다.

이것은 성공이었다. 의원들은 납득이 간 것 같은 기분으로 고조되어 있었다. 과학적인 설명은 아무것도 하지 않았고, 또 그렇게 할 생각이 없었다. 그럼에도 불구하고 여러 의원들이 나의 설명으로 모든 것을 명백히 알았다고 진술하였다.

나의 설명에 이어서 법안 통과를 후원하여, 법안 작성에 누구보다도 힘을 써준 유럽 제일의 수학자이자 천문학자이기도 한 마크레스필드 경이 전문적인 이야기를 하였다. 그런데 그의 이야기하는 태도가 별로 안 좋았던지, 나에게 모든 찬사가 집중되어 버렸다. 세상은 그런 것이다.

너도 기억나는 일이 있을 것이다. 말을 걸어 온 사람이 거친 목소리의 좋지 못한 억양으로 이야기를 하거나, 대충 대답을

하거나, 말의 앞뒤도 틀리는 것투성이라면······. 그럴 경우, 이
야기의 내용에 귀를 기울일 기분 아니 그 사람의 인격에 눈을
돌릴 기분조차도 생기지 않은 일이 분명 있을 것이다. 그러나
정반대로 호감이 가는 태도로 이야기하는 사람이 있으면 그
이야기의 내용까지 훌륭하게 들리게 되는 것이다.

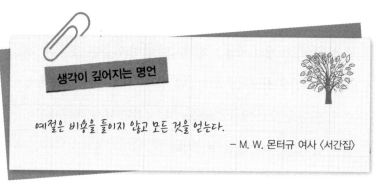

생각이 깊어지는 명언

예절은 비용을 들이지 않고 모든 것을 얻는다.

– M. W. 몬터규 여사 〈서간집〉

때로는 지엽적인 부분이 더욱 중요하다

만일 네가 전달하고자 하는 내용을 아무런 꾸밈도 보태지
않고 이치 정연하게 이야기할 수 있다고 생각하여 정계에 들
어가겠다고 마음먹었다면 그것은 부질없는 일이다. 사람들 앞
에서 이야기할 때는 그 내용이 아니라, 말을 얼마나 잘하느냐
못 하느냐에 따라서 그 사람의 평가가 결정되어 버린다.

사사로운 모임에서 사람의 마음을 붙잡고자 할 때나, 공적

인 회합에서 청중을 설득하고자 할 때에는 이야기의 내용도 중요하지만 말하는 사람의 분위기, 표정, 몸짓, 품위, 사투리의 유무, 화법, 억양 등의 지엽적인 부분이 더욱 중요하다.

나는 피트 씨와 스토마운트 경의 백부 뻘 되는 법무장관 뮤레이 씨가 이 나라에서 가장 연설을 잘하는 인물이라고 생각하고 있다. 이 두 사람 말고 영국의회를 조용하게 만들 수 있는 사람, 즉 논쟁의 과열을 진정시킬 만한 인물은 없다. 이 두 사람의 연설은 시끄러운 의원들을 침묵시켜 귀를 기울이게 할 수 있는 힘을 갖고 있다. 그분들이 연설하고 있을 때는 바늘이 떨어지는 소리까지 들릴 정도이다.

두 사람의 연설이 왜 그렇게 힘을 가지고 있는가? 내용이 훌륭하기 때문일까? 정확한 증거를 내세우고 있기 때문일까? 나역시 그들의 연설에 매료된 사람 중의 하나이다.

집에 돌아와서 왜 그렇게 매료당하는가. 도대체 그 사람들은 무엇을 이야기했나 하고 구체적으로 다시 생각해보니 놀랍게도 내용이 거의 없고 테마도 설득력이 없는 때가 많았다. 이를테면 그 연설의 표면상에 드러나는 허식에 매료되어 있는 때가 많았던 것이다. 아무런 꾸밈도 없는 이치 정연한 화술은 지적인 인간이 두세 사람 모이는 곳이나 사사로운 모임에서는 설득력도 있고 매력도 있을지 모르겠다. 그렇지만 많은 사람을 상대로 하는 공적인 모임에서는 통용되지 않는다. 세상이란 그런 것이다. 우리들은 연설을 들을 때 어떤 가르침을 받기보다는 편안하게 들을 수 있는 편을 택한다.

원래 가르침을 받는다는 것은 그다지 기분 좋은 일이 아니다. 무식하다는 말을 듣는 것과 같기 때문이다. 연설이 청중들의 귀에 척척 들어가서 찬사를 받기 위해서는 우선 목청이 좋아야 한다. 이것은 연설에 그다지 능숙하지 못한 이 나라 사람들에게는, 특히 너에게는 다시 생각해 볼 필요가 있는 중요한 일이 아닐까?

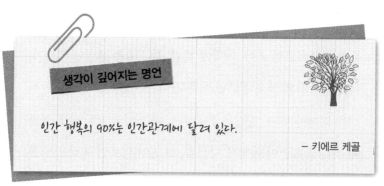

생각이 깊어지는 명언

인간 행복의 90%는 인간관계에 달려 있다.

— 키에르 케골

말을 잘하려면 어떻게 해야 할까?

말을 잘하려면 어떻게 하면 좋을까? 말 잘하는 사람이 되고 싶다는 목표를 항상 마음속에 새겨두고 그 실현을 위해 책을 읽고 문장을 연습하는 등, 많은 노력을 집중시켜야 한다. 우선 자기 자신에게 이렇게 말해 보라. "나는 사회에서 다른 사람 못지않은 사람이 되고 싶다. 그러기 위해서 우선 말을 잘해야 한다. 일상 회화를 정확하고 품위를 잃지 않도록 몸에 익히도록 하자. 옛 고전이나 현대의 웅변가들이 쓴 책을 읽자. 말을 잘할 수 있게 되기 위해서 그것을 읽자." 자신에게 이렇게 타이르면 좋다.

좋은 표현을 위하여 책을 읽는다

실제로 그러한 목적으로 책을 읽을 때는 문체나 말씨의 사용법에 주의하면 좋다. 어떻게 하면 좀더 좋은 표현이 되는가, 자기가 똑같은 글을 쓴다면 어떤 점이 부족한가를 생각하면서 책을 읽어야 한다. 똑같은 뜻을 나타내는 글을 쓰더라도 저자에 따라서 표현이 어떻게 다른가? 표현이 다르면 똑같은 내용이라도 느낌이 얼마나 달라지는가에 주의하면서 책을 읽는다. 그리고 더불어 아무리 훌륭한 내용이라도 말씨의 사용법이 우습거나, 문장에 품위가 없거나 또는, 문체가 어울리지 않으면 얼마나 흥이 깨지는가에 대해 잘 관찰해 두면 좋다.

화법과 문장력, 그리고 자신의 스타일을 갖는다

또 아무리 자유로운 회화라도, 아무리 친한 사람에게 보내는 편지라도 자기만의 독특한 스타일을 갖는 것은 중요하다. 이야기를 하기 전에 미리 말할 내용을 준비해야 한다. 만약 미리 준비하지 못했을 경우에는 이야기가 끝난 뒤 좀더 좋은 대화 방법과 표현은 없었을까 하고 반성해 보는 것도 좋다.

말은 바르게 발음은 확실하게 한다

너는 우리들의 마음을 사로잡는 배우들이 어떤 식으로 말하고 있는지 주의해 본 적이 있느냐? 잘 관찰해 보면 알겠지만 좋은 배우는 명확한 발음과 정확한 말을 사용한다. 말이라는 것은 개념을 전달하기 위해서 존재한다. 그러므로 개념이 전달되지 않는다거나, 듣기 싫은 말을 한다는 것은 어리석기 이를 데 없다. 하트 씨에게 부탁하여 매일 큰 소리로 책을 낭독하고 그것을 들어주라고 부탁하라.

숨을 이어가는 방법, 강조하는 방법, 읽는 속도 등에 부적당한 곳이 있으면 일일이 그 대목에서 중지시켜 정정해 달라고 말이다. 읽을 때는 입을 크게 벌리고 한 마디 한 마디 명확히 발음할 것, 조금이라도 빠르거나 말씨가 불명확하면 그 대목에서 지적해 달라고 말해 보아라. 혼자서 연습할 때도 자신의 귀로 잘 듣도록 하라. 처음에는 천천히 읽다가도 점점 말이 빨라지기 쉬운 너의 나쁜 버릇을 고치도록 유의해야 한다. 그리고 너의 발음에는 걸리는 것과 같은 느낌이 있기 때문에 빨리 말할 때에는 알아듣기 힘들 때가 있으니 주의하기 바란다. 발음하기 어려운 자음이 있으면 완벽하게 발음할 수 있을 때까지 몇 천 번이든 연습하라.

자기 나름대로의 생각을 정리하라

사회적인 문제를 몇 가지 골라서 그것에 관하여 제기될 여러 가지 가능성 있는 찬성의견과 반대의견을 머릿속에서 생각하고, 논쟁을 상정하여 보아라.

또는 논쟁을 품위 있는 영어로 고쳐 보는 것도 좋은 공부이다. 예를 들면 상비군의 가부에 관하여 생각해 본다고 하자. 반대의견의 하나로 강력한 군사력으로 말미암아 주변 국가들에게 위협을 준다는 점을 들 수 있으며, 찬성의견의 하나로 힘에는 힘으로 대항할 필요가 있다는 생각이 있을 수 있다.

이러한 가부 양론에 대해 여러 각도에서 생각해 보고, 이를 테면 상비군을 갖는다는 본질적인 악이 정황에 따라서 악을 방지할 필요악이 될 수 있는가를 차분히 구분해 본다.

그렇게 해서 자기 나름대로의 생각을 정리하여 그것을 우아한 문장으로 표현해 보면 좋다. 토론의 연습이 되기도 하고, 능숙하게 이야기하는 습관을 몸에 익히는 데 큰 도움이 될 것이다.

연설자가 청중의 개성까지 좌우할 수는 없다

사람을 제압하기 위해서는 과대평가하지 않는 점이 중요하다고 말한 적이 있다. 연설에서도 청중을 기쁘게 하는 데 청중을 과대평가하지 않는 것이 중요하다. 나도 처음으로 상원 의원이 되었을 당시에는 의회가 존경할 만한 사람들만 모여 있는 곳이라는 생각에 일종의 위압감을 느꼈다. 그렇지만 그것도 잠시일 뿐, 의회의 실정을 알게 되니 그런 생각은 터무니없다는 것을 알게 되었다.

나는 깨달았다. 560명의 의원들 중에서 분별력이 있는 인간은 기껏해야 30명 내외이고, 나머지는 거의 평범한 사람에 가깝다는 것을, 그리고 품위 넘치는 말씨로 다듬어진 알맹이 있는 연설을 요구하는 것은 그 30명 정도의 인간뿐이고, 나머지 의원들은 내용이야 어떻든 듣기에 좋은 연설을 듣게 되면 더 없이 만족한다는 것을 말이다.

그것을 알고 나서는 연설할 때마다 긴장하는 일도 적어지고, 나중에는 청중에 전혀 신경을 쓰지 않고 오로지 이야기의 내용과 화술에만 정신을 집중시킬 수 있게 되었다. 따라서 나는 어느 정도 알맹이 있는 이야기를 할 수 있을 정도의 양식을 갖추고 있다고 생각되었던 것이다.

웅변가는 솜씨 좋은 제화공과 비슷하지 않을까? 웅변가나 제화공은 상대방 즉 청중, 고객에게 어떻게 하면 맞출 수 있는가를 터득하고 나면 그 뒤는 모든 것을 기계적으로 할 수 있다.

연설자가 청중의 개성까지 좌우할 수는 없다. 있는 그대로의 그들을 받아들일 수밖에 없는 것이다. 그리고 여러 번 말한 바와 같이 그들은 자기들의 오감 또는 마음을 붙잡는 것을 좋아하고 받아들인다. 라블레(Rabelais 프랑스의 학자, 작가 1494~1553)도 역시 맨 처음의 걸작은 아무에게도 받아들여지지 않았다. 독자의 기호에 맞추어서 '가르강투아와 팡타그뤼엘'을 써서 비로소 독자들의 갈채를 받게 된 것이다.

서명을 할 때는 좀 크게 써라

지난번 액면 90파운드짜리 너의 청구서가 나에게 왔는데, 나는 그 순간 지불을 그만 둘까 생각했었다. 금액이 너무 많아서가 아니다. 이럴 경우에는 미리 상의해야 하는 것이 도리가 아닌가. 그런데도 네가 돈을 청구하는 것에 관해서 편지 한 장 보내주지 않았기 때문이다. 그리고 또 그것 이상으로 너의 서명이 어디에 있는지 알 수가 없었던 것이다.

청구서를 가지고 온 사람이 가리키는 곳을 확대경으로 보고서야 비로소 서명이 맨 구석에 있는 것을 알았다. 처음에는 글씨를 쓸 줄 모르는 사람의 X표 서명이라 생각했었는데, 알고 보니 그것이 너의 서명이었다. 나는 그렇게 작고 보기 흉한 서명을 본 적이 없다. 신사 또는 사업을 하는 사람이라면 언제나 똑같은 서명을 하는 것이 관례로 되어 있다. 그렇게 함으로써 자신의 서명에 익숙해지고 가짜가 횡행하는 것을 방지할 수 있다.

또 서명할 때는 다른 문자보다는 좀 크게 쓰는 것이 좋다. 그런데 너의 서명은 다른 문자보다는 작았고 몹시 보기 흉했다. 그 서명을 보고 너에게 일어날 수 있는 갖가지 좋지 않을 사태들을 상상해 보았다. 각료들에게 이런 서명을 한 편지를 보낸다면, 이것은 보통 사람이 쓰는 글씨가 아니라면서 기밀문서일지도 모른다는 생각에 암호 해독 담당자에게 넘기는 불상사가 생길 수도 있다.

만일 병아리를 보내는 척하고 그 속에 사랑의 편지를 숨겨 넣는다면 그것을 받은 여인은 그 사랑의 편지가 양계장 주인이 쓴 것이라고 생각할 것임에 틀림없다. 세상은 다 그런 것이다.

서둘더라도 허둥대지는 말라

허둥대고 있었기 때문에 그런 서명밖에 할 수 없었다고 너는 말할지도 모르겠다. 그러면 어째서 허둥대고 있었는가? 지

적인 사람은 서두르는 일은 있어도 허둥대는 일은 없다. 허둥
대면 일을 망친다는 사실을 알고 있기 때문이다. 그러므로 서
둘러서 일을 완성시키는 일은 있어도, 서두름으로써 일이 아
무렇게나 되지 않도록 신경을 써야 한다.

소심한 사람이 허둥대는 것은 부과된 일이 힘에 부친다는 것
을 알았을 때이다. 대개는 그렇다. 자신의 힘으로는 어찌할 도
리가 없다는 생각에 허둥대어 뛰어다니며 골머리를 앓고 결국
혼란에 빠져서 뭐가 뭔지 모르게 된다. 또는 이것저것 모두 한
꺼번에 해치워 버리려다가 어느 것에도 손을 댈 수 없는 상황이
벌어지기도 한다. 그 점에 있어서 분별이 있는 사람은 다르다.

손을 대려고 하는 일이 완전히 끝마치는 데 필요한 시간을
미리 준비해 두었다가, 서두를 때도 한 가지 일에 신경을 집
중시켜 완성시킨다. 요컨대 서둘러도 항상 냉정하고 침착하여
결코 허둥대지 않고 또한 한 가지 일을 끝맺기 전에는 다른 일
에 섣불리 손을 대지 않는다.

너도 여러 가지 할 일이 많아서 충분한 시간을 낼 수 없다
는 것은 잘 알고 있다. 그렇지만 일은 아무렇게나 하려면 차라
리 절반만이라도 완벽하게 하고 나머지는 아예 손을 대지 않
은 채로 남겨 두는 편이 훨씬 낫다.

제6장

우정을 어떻게 키울 것인가
자기를 발전시켜줄 친구, 이끌어줄
친구를 어떻게 찾고 사귈 것인가?

" 어른이 되는 것은 단 한 발, 단 한 걸음에 불과하다. 고독하게 되는 일, 자기 자신이 되는 일, 부모로부터 떨어지는 일, 이런 일들이 어린이가 어른이 되는 첫걸음인 것이다. "

헤르만 헤세(독일의 시인, 소설가 1877~1962)

친구는 네 인격을 비추는 거울이다

이 편지가 네게 도착할 즈음이면 아마도 너는 베니스에서 사육제를 끝내고 트리노로 거처를 옮겨 면학 준비에 열중하고 있을 것이다. 트리노의 체제가 너의 공부에 도움이 되고 또 학력을 향상시켜주기를 나는 진심으로 바라며 또한 반드시 그렇게 되어야만 한다. 그렇기는 하지만 진실을 말하자면 나는 전에 없이 너를 걱정하고 있단다. 트리노의 전문학교에는 평판이 좋지 않은 영국인이 많다는 소문이 나 있더구나. 그래서 이제까지 쌓아올린 노력이 혹시나 망가지지 않을까 하는 걱정 때문에 견딜 수가 없다.

어떤 사람들인지 모르지만, 무리를 지어 난폭한 행동을 하며

무례한 태도로 마음의 편협함을 드러낸다니 말이다. 그런 짓들
은 자기 동료들 사이만으로 그쳐 주었으면 좋겠는데, 그럴 사
람들이 아닌 듯하다. 같은 패거리가 되지 않겠느냐고 압력을 넣
거나, 집요하게 권유를 하는 모양이다. 그리고 그것이 마음대
로 되지 않으면 이번에는 우롱하는 수법을 쓴다고 한다. 네 나
이 또래의 경험이 적은 젊은이에게 그것은 효과가 있을 것이다.

압력을 받거나 강권을 당하는 것과는 비교도 안 된다. 부디,
이런 일에 말려들지 않도록 주의하기 바란다.

일반적으로 젊은이들은 어떤 부탁을 받으면 여간해서 싫다
고 딱 잘라 말하지 못하는 법이다. 싫다고 하면 체면이 손상된다
는 생각을 하는 것이다. 게다가 상대편에게 미안한 감정도 생길
것이고 동료들로부터 따돌림을 당하거나 고립되고 싶지도 않을
것이다. 그런 생각 자체는 나쁜 것이 아니다. 상대편의 뜻에 맞
추거나, 상대를 기쁘게 해 주자는 생각은 상대방이 좋은 사람이
라면 좋은 결과를 낳는다. 그러나 그렇지 않을 경우 본의 아니
게 상대방에게 질질 끌려 다니는 최악의 사태를 낳을 수도 있다.

만일 자기에게 결점이 있으면 그 결점만으로 멈추기 바란
다. 남의 나쁜 점을 흉내내서 결점을 증가시키는 일은 절대로
하면 안 된다.

생각이 깊어지는 명언

우리의 비평가들은 우리의 친구들이다. 그들은 우리에게 우리의 잘못을
보여주기 때문이다.

– 벤자민 프랭클린

쉽게 식지 않는 우정이 진정한 우정이다

트리노의 대학에는 가지각색의 사람들이 있을 것이다. 그들과 금방 친구가 될 수 있다고 생각하는 것은 잘못이다. 그것은 당치도 않은 자부심이다. 진정한 우정이란 그렇게 간단히 손에 들어오는 것이 아니다.

오랜 시간을 들여서 서로를 잘 알고 이해한 후에야 비로소 진정한 우정이 자라난다. 그러나 그렇지 않은 이름만의 우정도 있다. 젊은이들 사이에 만연하고 있는 것이 이것이다.

이 같은 우정은 한 동안은 뜨겁지만 금방 식어 버린다. 우연한 기회를 통해 서로 알게 된 몇 사람의 동료와 무분별한 행위를 하거나 놀이에 미치거나 하는 일이 있을 것이다. 이런 종류의 우정은 예외 없이 술과 여자로 맺어져 있는 법이다. 차라리 사회에 대한 반항이라고 정색하고 나서서 받아야 할 것을 받는 편이 애교가 있다고 생각되지만, 경박한 사람들은 그런 재치를 부릴 줄 모른다. 자신들의 값싼 관계를 우정이라고 부른 채 쓸데없이 금전관계를 하거나 친구를 위한다고 소동을 부려 싸움까지 한다.

이런 사람들은 어떠한 계기로 일단 사이가 벌어지면 이번에는 손바닥을 뒤집듯이 상대방의 험담을 몽땅 털어놓곤 한다. 일단 사이가 나빠지면 두 번 다시 상대방을 생각해 주는 일이 없다. 그들은 지금까지의 신뢰관계를 배반하고 우롱을 한다. 여기에서 한 가지 네가 주의해야 할 점은 친구와 놀이 동무는 다르다는 것이다. 함께 있으면 즐겁다고 해서 반드시 좋은 친구는 아니다. 오히려 친구로서는 적합하지 않을 수도 있다.

행동은 미워하더라도 인간적으로는 적대시 말라

어떠한 친구를 가지고 있느냐가 그 사람의 평가를 결정한다. 이것은 이치에 어긋나는 말이 아니다. 스페인에 그것을 정확하게 표현하고 있는 말이 있다. '누구와 함께 살고 있는지 가르쳐 달라. 그렇다면 네가 어떠한 놈인지 알아맞춰 주겠다.' 부도덕한 자나 어리석은 자를 친구로 가지고 있는 사람은 그 사람도 구린 짓을 하거나, 숨겨 두고 싶은 비밀이 있지 않을까 하는 의심을 받기 쉽다.

그렇지만 여기서 주의하지 않으면 안 되는 것은 부도덕한 자나 어리석은 자가 접근해 왔을 경우, 눈치채지 않게 피하는 것은 당연하다. 그렇다고 필요 이상으로 냉담한 태도를 보여 적으로 만들어서는 안 된다. 내가 그런 입장이라면 적도 아니고 내 편도 아닌 중간적 입장을 택하겠다. 이것이 제일 안전한 방법이다.

나쁜 행동이나 어리석은 행동은 미워하더라도 인간적으로는 적대시하지 말아야 한다. 일단 그들로부터 적의를 받게 되면 끝장이다. 친구가 되는 것보다는 낫겠지만 그래도 피해를 입을 수 있다. 중요한 것은 상대가 누구든 말해서 좋은 것과 안 되는 것, 그리고 해서 좋은 일과 안 되는 일을 분간하여 자기 자신을 통제하는 일이다. 분별 있는 체하는 것은 가장 나쁘다.

상대에게 불쾌감을 주고, 사실이 그렇지 않을 경우, 오히려 상대를 화나게 만든다. 진정한 의미에서 사물을 분별하고 있는 사람은 적다. 대개는 시시한 것에 마음을 빼앗겨 완고하게 입을 닫아 버리거나, 또는 자기가 알고 있는 것이나 생각하고 있는 것을 모두 지껄여 적을 만들어 버린다.

어떠한 사람과 교제해야
자신이 성장하는가

　친구에 관한 이야기는 이 정도로 해 두고 다음은 어떠한 사람과 교제할 것인가에 관한 이야기를 해보자.

자기보다 우수한 사람들과 교제하라

　될 수 있는 대로 자기보다 우수한 사람들과 교제하도록 노력하라. 우수한 사람들과 교제하면 자기도 점차 그 사람들과 똑같이 우수하게 된다. 반대로 수준이 낮은 사람과 교제하다 보면 자신도 그 수준의 사람이 되어 버리고 만다. 여기에서 '훌륭한 사람'이라고 일컫는 것은 가문이 좋다든가 지위가 높다든가 하는 사람을 뜻하는 게 아니다. 내면이 충실한 사람, 세상 사람들이 훌륭하다고 생각하는 사람을 말하는 것이다.

훌륭한 사람에게는 크게 말해 두 종류가 있다. 사회의 주도적인 입장에 있는 사람, 특수한 재능이나 특징이 있는 사람, 즉 특정 분야의 학문이나 예술에 뛰어난 사람 등 어느 한 분야에 걸출한 사람들을 말한다.

그렇다고 자기 혼자만 그렇게 생각하고 있어서는 안 된다. 다른 사람들이 모두 훌륭하다고 인정하며 그렇게 부르고 있는 사람들이어야 한다. 거기에 몇 사람의 예외적인 인물이 있는 것은 상관없다. 아니 오히려 그런 편이 바람직하다.

교제하기 적합한 그룹이란 단순한 뻔뻔스러움만 가지고 동료로 가입한 사람과 어떤 중요 인물의 소개로 억지로 들어간 사람 등 여러 부류의 인간이 모여 있는 집단이라고 할 수 있다.

갖가지 성격을 가진 인간, 갖가지 도덕관을 가진 인간을 관찰하는 것은 즐겁고 유익하다. 그 대부분이 훌륭한 사람들이라면 더없이 좋다.

그런 뜻으로 보면, 신분이 높은 사람들만으로 구성된 모임은 그 고장에서 훌륭하다고 인정을 받고 있지 않은 한 결코 바람직하다고는 말할 수 없다. 신분이 아무리 높아도 머리가 빈

사람, 상식적인 예법조차 모르는 사람, 아무짝에도 쓸모없는 사람이 있기 때문이다.

학식이 풍부한 사람만이 모인 그룹도 있다. 이런 그룹은 세상에서 정중한 대우를 받거나 존경을 받기가 수월할지 몰라도 교제하기에 적합한 그룹이라고는 말하기 어렵다. 앞에서도 말한 것처럼 그들은 어떻게 세상을 살아가야 하는지를 모른다. 학문밖에 모르는 것이다.

하지만 그러한 그룹에 속할 만한 좋은 재주가 너에게 있다면, 가끔 얼굴을 내미는 것은 대단히 좋은 일이다. 그 일로 너의 평판이 조금이라도 올라갈 테니까 말이다. 그렇더라도 그 그룹에 마냥 틀어박혀 있는 것은 좀 생각해 볼 문제가 아닌가 한다. 이른바 세상물정 모르는 학자의 동료라고 인정받아, 사회에서 활약할 때 족쇄가 되지는 않을까 해서다.

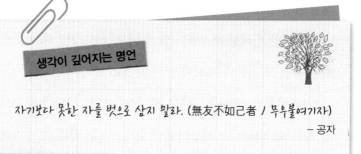

생각이 깊어지는 명언

자기보다 못한 자를 벗으로 삼지 말라. (無友不如己者 / 무우불여기자)

－ 공자

판단력을 잃지 말고 현명하게 교제하라

재주와 기운 즉 재기가 넘치는 인물은 대부분의 젊은이들이 함께 있기 바라고 열중하는 상대가 아닐까? 재기가 있으면 자기에게도 즐겁고, 재기가 없는 사람은 재기 있는 사람과 교제하고 있음을 자랑스럽게 느낄 것이다. 그렇지만 그러한 재기 넘치는 인물과 교제할 경우에는 그 매력에 완전히 빠져 들어서는 안 된다. 판단력을 잃지 말고 현명하게 교제하는 것이 좋다.

또 재치라는 것은 남에게 그다지 기쁘게 받아들여지는 것이 아니다. 오히려 공포심을 일으키는 경우도 있다. 일반적으로 사람들은 날카로운 재치를 무서워하는 법이다. 그것은 여성들이 총을 보고 무서워하는 것과 비슷하다. 언제 안전 장치가 벗겨져서 총탄이 자기를 향해 날아올지 몰라 무서워하는 것과 마찬가지다.

그렇지만 이러한 사람들과 알게 되고, 서로 친밀하게 교제하는 것은 그 나름대로 의미 있는 일이요, 즐거운 일이다.

다만 아무리 매력이 있다고 하더라도 다른 사람과의 교제를 일체 중지하고, 그 사람하고만 교제한다는 것은 좀 생각해 볼 문제다.

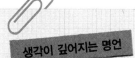

결점을 칭찬하는 사람을 경계하라

어떠한 일이 있어도 피해야 할 것은 수준이 낮은 사람과의 교제이다. 인격적으로 덕이 부족하며 아무 것도 내세울 만한 장점이 없고, 너와 교제하는 것을 자랑으로 삼고 있는 그런 사람들은 너를 붙잡아 두기 위해 너의 결점까지도 칭찬할 것이다. 그런 사람과는 결코 교제를 갖지 않는 편이 바람직하다.

너는 내가 이처럼 당연한 일에까지 주의를 준다고 의아해할지도 모른다. 하지만 나는 수준이 낮은 사람과 교제해서는 안 된다고 주의를 주는 일이 전혀 불필요하다고는 생각지 않는다. 분별 있고 사회적 지위도 높고 인격적인 분들이 그런 수준이 낮은 사람과 교제하여 신용을 떨어뜨리고 타락해 가는 것을 나는 수없이 보아 왔기 때문이다. 여기에서 가장 문제가 되는 것이 허영심이다. 허영심 때문에 사람들은 좋지 않은 어리석은 행동을 하기도 했다.

사람은 누구나 자기가 속한 그룹에서 으뜸이기를 바라는 법이다. 동료로부터 칭찬을 받고 싶고, 존경을 받고 싶고 마음대로 동료를 조종하고 싶어 한다. 그런 까닭에 수준이 낮은 사람들과 사귀는 것이다. 그 결과는 무엇일까? 그렇다, 얼마 안 가서 자기도 점점 수준이 낮아지게 되고 나중에 좀더 훌륭한 사람과 교제하려고 해도 그 뜻을 이루지 못하게 된다. 다시 말하는데, 사람은 교제하는 상대에 따라 수준이 올라가기도 하고 내려가기도 한다. 사람들은 네가 교제하는 상대를 보고 너를 평가하게 되는 것이다.

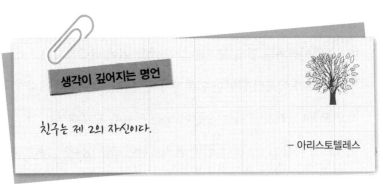

생각이 깊어지는 명언

친구는 제 2의 자신이다.

– 아리스토텔레스

강한 의지로 교제술을 익혀라

나는 지금도 내가 처음으로 사교장에 나가, 훌륭한 사람들에게 소개받았을 때의 일을 뚜렷이 기억하고 있다. 케임브리지 대학의 학생 티를 벗지 못했던 그 시절, 나는 눈앞에 있는 어른들이 어렵기만 하여, 우뚝 선 채 몸도 제대로 가누지 못하고 있었다.

우아하게 행동해야 한다고 스스로에게 타일러 보아도 자세가 부자연스럽고 딱딱하기 그지없었고, 남이 말을 걸어오거나 내가 말을 걸려고 해도, 입이 말을 듣지 않았다. 서로 귓속말로 뭔가 소곤거리고 있는 사람이 눈에 띄면 나에 관해서 이야기하고 있을 거라고, 아니, 그 자리에 있는 모든 사람이 나를 손가락질하고, 바보 취급하고 있다고 생각하였다. 곰곰이 생각해 보면, 나 같은 풋내기 따위에게 신경을 쓸 사람이 있을 리가 없는데 말이다.

나는 한 동안 마치 감옥살이하는 죄인과 같은 심정으로 그대로 서 있었다. 만일 눈앞에 있는 사람들과 교제하여 자신을 갈고 닦으려는 강한 의지가 없었다면, 나는 그 장소에서 맥없이 물러서고 말았을지도 모른다. 어떻게 해서든 그 자리에 융화되지 않으면 안 된다고 생각하였다. 그렇게 결심하니 마음이 조금 편안해졌다. 이젠 조금 전과 같이 누가 말을 걸어오더라도 우물거리거나 더듬거리지 않고 대답할 수 있었다.

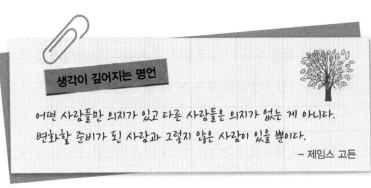

생각이 깊어지는 명언

어떤 사람들만 의지가 있고 다른 사람들은 의지가 없는 게 아니다.
변화할 준비가 된 사람과 그렇지 않은 사람이 있을 뿐이다.

– 제임스 고든

기회는 자기 스스로 만들어야 한다

내가 사교장에서 난처한 표정으로 어찌할 바를 모르고 있는 것을 본 사람들이 이따금 내 곁에 와서 말을 걸어 주었다. 천사가 나에게 용기를 주기 위해 온 것이라고 생각했다. 그러자 점차 용기가 생겼다. 나는 아주 고상하게 보이는 부인에게로 가서 용기를 내어 "오늘은 좋은 날씨군요."라고 말을 걸었다. 이 부인은 아주 정중하게 "나도 그렇게 생각합니다"라고 대답해 주었다. 그리고는 대화가 끊어졌다. 적어도 나로서는 계속할 말을 찾아낼 수가 없었다. 그 때 그 부인이 다시 입을 열었다.

"당황할 필요는 없어요. 지금 내게 말을 거는 데도 무척 용기가 필요했던 것같이 보이는데요. 그렇지만 그렇다고 해서 여기에 계시는 분들과의 교제를 단념하겠다고 생각하면 안 됩니다. 다른 분들도 다 알고 있답니다. 당신이 허물없이 사람을 사귀겠다고 마음먹고 있다는 것을. 그 마음이 중요합니다. 그 다음은 그 방법을 하나하나 몸에 익히는 거죠. 당신은 자신이 생각하고 있는 것처럼 사교에 서툰 사람이 아닙니다. 경험을 쌓으면 곧 훌륭하게 될 수 있습니다. 내 곁에서 경험을 얻고 싶으면 나의 친구들을 소개해 드리겠습니다."

이 말을 듣고 내가 얼마나 기뻐했는지 상상할 수 있겠느냐? 그리고 또 내가 얼마나 어색하게 대답했는가도 말이다. 나는 두세 번 헛기침을 했다. 그렇게 하지 않으면 목에 무엇인가가

눌어붙어 있는 것 같아서 목소리를 낼 수가 없었다. 나는 가까스로 입을 열었다.

"말씀 감사합니다. 제가 제 행동에 자신을 가질 수 없는 데는 까닭이 있습니다. 그것은 훌륭한 분들과 교제하는 데 익숙해 있지 않아서입니다. 그런 저에게 호의를 베풀어 주신다니 기꺼이 받아들이겠습니다만……."

나의 더듬거리는 말이 채 끝나기도 전에 그 부인은 서너 명을 불러 모아 프랑스어로 이렇게 말했다. 그 당시 나는 프랑스에 머물고 있었다.

"여러분 이 젊은이는 틀림없이 내가 마음에 들었던 모양입니다. 그렇지 않으면 나에게로 와서, 몸을 떨면서까지 용기를 내어, 오늘은 날씨가 좋다고 말을 걸어 주지 않았을 거예요. 여러분들도 도와주세요. 모두 함께 협력해서 이 젊은이를 사교에 익숙해지도록 합시다. 이 젊은이에게는 본보기가 필요합니다. 만일 내가 적절한 본보기가 못 된다고 생각하시면 다른 사람을 찾아야겠지요. 하지만 그렇다고 해서 오페라 가수나 여배우를 본보기로 택하면 안 됩니다. 그런 분들과 함께 있으면 세련되기는 고사하고, 명예를 잃고 건강마저 해치며, 사고방식은 거칠어지게 될 것입니다."

뜻하지 않은 얘기를 듣고 나는 무뚝뚝한 표정을 짓고 그대로 서 있었다. 그 부인이 진심으로 말하고 있는 것인지, 그렇지 않으면 나를 놀리고 있는지 알 수가 없었다. 나는 기쁘기도 하고 한편 부끄러운 생각이 들기도 하였다.

교제에서는 의욕과 끈기가 필요하다

나중에 알게 된 일이지만 그 부인이 소개해준 사람들은 모두 나를 정말로 잘 감싸주었다. 나는 차츰 자신이 붙기 시작했다. 우아하게 행동하는 것이 이제는 부끄럽지 않게 되었다. 훌륭한 본보기를 발견하면 열심히 그것을 흉내내었다. 자꾸 반복하다 보니 자유로운 기분이 되었고, 결국 그 모방에 나 나름대로의 방법을 가미할 수 있게 되었다. 너도 남으로부터 호감을 받고, 사회에서 남 못지않은 일을 하고 싶다는 결심이 서면 안 되는 일이 없다. 하고자 하는 의욕과 끈기만 있다면…….

사람을 있는 그대로 평가하라

젊은이들은 사람이나 사물에 대하여 과대평가하는 경향이
있다. 잘 모르기 때문이다. 진실을 알게 되면 평가는 점점 내려
갈 것이다. 사람은 네가 생각하는 것처럼 그렇게 지적이고 이
성적인 동물이 아니다. 인간이란 감정의 지배를 받고 간단히
무너져 버리는 나약함이 있다.

일반적으로 유능하다는 평판을 받는 사람들도 절대적으로
완벽하거나 유능하지는 않다. 그런데도 그들이 유능하다고 평
가되는 것은 다른 사람들과 비교해서 그런 요소가 조금은 많
다는 것에 불과하다. 일반 사람들보다 결점이 조금 적다는 이
유만으로 '유능하다'고 평가되고 상위에 서 있는 셈이다.

그들은 자기 자신을 억제하고 결점을 줄임으로써 대다수 사람들을 이성에 호소하여 다루거나 하지 않는다. 감정과 감각 등 인간의 나약한 부분을 교묘하게 이용한다. 따라서 실패하는 일이 거의 없다고 할 수 있다.

그렇지만 찬찬히 멀리서 보면 위대하다. 완벽하다고 칭송되는 사람들에게도 결점이 있음을 쉽게 알 수 있다.

저 위대한 브루투스(Brutus로마의 정치가 85~43 B.C)도 그렇다. 마케도니아에서는 도둑놈 같은 짓을 하지 않았던가! 프랑스의 추기경 리슐리외(Richelieu 1585~1642)도 자기 자신의 글재주를 높이 평가받기 위하여 보기에도 좋지 않은 흉내를 내지 않았던가!

너 자신의 눈으로 인간이란 어떠한 것인가를 알 수 있게 될 때까지는 로슈푸코(La Rochefoucauld 1613~1680) 공작의 '격언집(Maxims)'을 읽으면 좋다. 그 책만큼 인간에 관하여 많은 것을 일깨워 주는 책은 드물다.

이 '격언집'을 읽으면 너 역시 인간을 필요 이상으로 과대평가하는 오류를 범하지 않게 될 것이다. 그렇다고 해서 로슈푸코 공작의 '격언집'이 인간을 부당하게 깎아내리거나 하지는 않는다.

우리에게는 글보다 인간에 대해 공부하는 것이 더 필요하다.

— 라 로슈푸코 〈격언집〉

젊은이다운 쾌활함과 밝은 마음으로 당당해져야 한다

네 또래의 젊은이들은 언제나 힘이 넘쳐흐른다. 선로를 놓아주지 않으면 어디로 갈지 알 수 없다. 자칫 넘어져 목뼈가 부러질 염려가 있다. 하지만 이 무모한 젊음도 항상 비난만 받는 것은 아니다. 거기에 신중함이 더해지면 사람들로부터 환영을 받을 수도 있다. 그러므로 젊은이들은 특유의 들뜬 마음은 젖혀두고, 젊은이다운 쾌활함과 밝은 마음으로 당당해져야 한다.

젊은이의 변덕은, 고의적인 것이 아니더라도, 상대방을 화나게 한다. 하지만 발랄하고 기운찬 모습은 대개 사람의 마음을 사로잡는다. 할 수만 있다면 만나야 할 사람들의 성격이나 그가 처해 있는 상황을 미리 알아두는 것이 좋다. 그렇게 해두면, 무계획적으로 이것저것 지레짐작하여 말을 하지 않아도 된다.

　앞으로 네가 알게 될 사람들 중에는 마음씨가 좋은 사람뿐만 아니라 마음씨가 나쁜 사람도 많이 있을 것이다. 비판하기 좋아하는 사람이 많으나 그보다도 비판을 받아 마땅한 사람도 있다. 그러한 사람들에 대해서는 그 자리에 있는 거의 모든 사람에게 해당되는 장점을 칭찬해 주거나 단점을 옹호해 주면 좋다. 그렇게 하면 그것이 아무리 일반론이라 하더라도 자기 자신을 두고 한 말이라고 생각하여 기뻐할 것임에 틀림없다.

대인관계의 실패나 좌절감은 세련된 태도를 익히게 한다

　특히 자기보다 뛰어난 사람들 속에 끼어 있으면 언제나 남들이 자기만을 보고 있다는 생각에 빠져들어 남들이 작은 목소리로 소곤거리면 자신의 이야기를 하고 있는 것처럼 느껴지고, 웃고 있으면 자기를 보고 비웃는 것이라고 생각하기 쉽다. 또 무엇인가 명백히 뜻을 알 수 없는 말을 들었을 경우 그 말을 억지로 자신에게 적용시키면 그럴듯한 말같이 들려, 틀림없이 자기를 두고 한 말이라고 생각해 버린다.

　스크라브가 '계략(Stratagem)'이란 책에서 비유하고 있는 바

'저렇게 큰 목소리로 웃고 있잖아? 틀림없이 자기를 두고 한 말'이라고 생각해 버리게 된다.

아무튼 뛰어난 사람들 속에 섞여서 실패를 거듭하고 좌절감을 맛보는 동안에 차차 너도 세련된 태도를 몸에 익히게 될 것이다.

남성이든 여성이든 상관없이 네가 가장 친하게 지내고 있는 사람 5~6명에게 "저는 젊음과 경험 부족에서 무례한 짓을 많이 저지르고 있다고 생각합니다. 그것을 발견했을 때는 서슴없이 지적해 주십시오." 하고 부탁해 두면 좋다. 그리고 지적을 받으면 우정의 증거라고 생각하여 '감사합니다.'라고 덧붙이는 것도 잊지 말아야 한다.

이처럼 마음속을 숨김없이 이야기하여 상대방의 도움을 청하고 지적을 해준 사람에게 감사의 뜻을 전한다. 그렇게 하면 많은 사람들이 너에게 힘이 되어주고 친절한 마음으로 무례한 행위나 부적절한 언동을 충고하게 된다. 너는 차츰 마음이 자유롭게 되고 이야기하는 상대, 함께 있는 상대 여하에 따라서 카멜레온처럼 변화무쌍하게 행동할 수 있게 될 것이다.

허영심은 향상심으로 연결된다

　허영심 말하자면 남으로부터 찬사를 받고 싶어하는 마음은 어느 시대, 어떠한 인간도 모두 갖고 있다. 이 허영심이 커지면 어리석은 언동이나 범죄로 이어질 수 있다. 하지만 남으로부터 칭찬을 받고 싶어 하는 마음은 대체로 향상심과 연결되는 것이 아닌가 생각된다. 물론 그러기 위해서는 그에 상응하는 사려 깊음과 이상에 대한 추진력이 있어야 한다.

　이를 결과적으로 본다면 허영심이란 소중하게 기르면 결코 해롭지 않다. 남으로부터 인정을 받고 칭찬을 받고 싶다는 마음이 없다면 우리는 무슨 일에나 무관심하게 되고 아무것도 할 마음이 생기지 않는다. 그리고 실제로 아무것도 하지 않게 된다. 그렇게 되면 자신이 가지고 있는 힘을 발휘하지 못할 것은 자명한 일이다. 그리하여 자기의 실제적인 능력보다 낮게 보이더라도 만족할 수밖에 없다. 그러나 허영심이 강한 사람은 다르다. 그들은 실력 이상으로 보이려고 힘껏 노력한다.

나는 지금까지 너에게 무엇 하나 숨기지 않고 이야기해 왔고 앞으로도 나의 결점을 숨길 생각은 없다. 사실은 나도 허영심이 많다. 그러나 나는 이것을 유감스럽게 생각한 적은 없다. 오히려 허영심이 있어 좋았다고 생각한다. 만약 지금 내가 사람들이 칭찬하는 어떤 장점을 갖고 있다면 그것은 남으로부터 찬사를 받고 싶다는 욕심, 즉 허영심의 덕택이다.

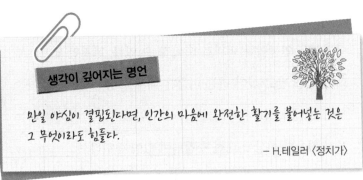

생각이 깊어지는 명언

만일 야심이 결핍된다면, 인간의 마음에 완전한 활기를 불어넣는 것은 그 무엇이라도 힘들다.

— H.테일러 〈정치가〉

최고가 되려는 마음이 능력을 만든다

내가 사회에 진출할 때 나의 출세욕은 이만저만한 것이 아니었다. 어떠한 일이 있더라도 사람들로부터 인정을 받고 찬사를 받고 선망을 얻어야 한다는 아주 뜨거운 욕망을 가슴에 품고 사회에 첫 발을 내딛었다. 그 때문에 비록 어리석은 행동에 빠지는 경우가 있었다 하더라도 그 이상으로 현명한 행동을 많이 했다고 믿는다. 이를테면 남성들만이 모여 있을 때, 나는 적어도 거기에서 가장 빛나고 있는 사람과 똑같을 정도로 훌륭했으면 하고 마음먹었던 것이다.

그 생각이 나의 잠재 능력을 끌어내어 최고는 되지 못하더라도 둘째 셋째는 될 수 있게 만들었다. 얼마 안 가서 나는 모든 사람들이 주목할 만한 대상, 즉 중심적인 존재가 되었다. 일단 그렇게 되면, 모든 일이 쉬워지고 내가 하는 행동이 무엇이든 옳다고 사람들은 여겼다. 그래서 나의 말투와 몸짓이 유행이 되고 모두가 일제히 나의 언동을 따라 행동했다. 그리고 그것은 즐거운 일이었다.

나는 남녀를 불문하고 어떠한 모임이든 반드시 초청되었고 그 장소의 분위기를 좌우하게 되었다. 그런 일로 해서, 유서 깊은 가문의 여인들과의 사이에 뜬소문을 일으키기도 했다. 그리고 그 진위조차 알 수 없는 뜬소문이 사실이 된 적도 몇 번인가 있었음을 고백한다. 남성을 대할 때의 나는 상대를 만족시키기 위하여 프로테우스처럼 변신하였다.

밝고 쾌활한 사람들 사이에서는 누구보다도 밝고 쾌활하게 처신하였고, 위엄 있는 사람들 사이에서는 누구보다도 위엄 있게 행동하였다. 나는 사람들이 조금이라도 호의를 베풀어주거나, 친구로서 무엇인가를 도와주었을 때 결코 그것을 그냥 지나치는 일이 없었다. 작은 일에까지 마음을 쓰고 감사를 잊지 않았다. 그렇게 함으로써 상대방은 만족했고, 또 그들과 친하게 되는 계기를 얻을 수 있었다.

이렇게 해서 나는 순식간에 그 고장의 명사를 비롯하여 여러 계층 사람들과 서로 아는 사이가 되었다. 허영심을 어떤 철학자는 '인간이 가진 야비한 마음'이라 부른다. 그러나 나는 그렇게 생각하지 않는다. 허영심이 있었기에 현재의 '나'라고 하는 인격이 형성된 것이다. 그렇게 생각한다. 그리고 젊었을 때의 나와 똑같은 정도의 허영심이 너에게도 있었으면 좋겠다고 생각한다. 허영심만큼 인간을 진보시키는 것은 없다.

감사할 줄 아는 인간이 되라

　얼마 전에 로마에서 귀국한 분으로부터, 너만큼 로마에서 환대를 받은 사람은 없을 것이라는 말을 듣고 나는 몹시 기뻤다. 파리에서도 틀림없이 환대를 받을 것으로 믿는다. 파리 사람들은 외지에서 온 사람들, 특히 예의 바르고 마음이 따뜻한 사람에게는 친절을 베푼다. 그렇지만 그러한 호의에 응석만 부리고 있으면 안 된다. 그들도 역시, 네가 자기 나라를 사랑하고 자기들의 태도나 관습에 호감을 갖고 있음을 기뻐한 것이다. 그러한 마음을 일부러 입 밖으로 내어 말하라는 뜻이 아니다. 태도로서도 충분히 전할 수 있는 것이다. 파리에서 환대를 받으면 그 정도의 답례를 해도 좋다. 나도 만일 아프리카에 가서 그 곳에서 선의의 환대를 받으면 상대가 누구이든 그 정도의 사의는 표할 것이다.

박식한 교양보다 쾌활함과 끈기가 삶의 밑천이다

파리에서 너의 거처 문제는 모두 마련해 놓았다. 기숙사에도 즉시 입주할 수 있도록 했다. 너는 이 일에 감사해야 한다. 최소한 한 반 년 동안은 기숙사에 기거할 수 있다는 것이 무엇을 의미하는지 잘 생각해 보아야 한다.

첫째로 호텔이나 기숙사에 기거하게 되면 파리의 상류 사회 젊은이 대다수와 서로 사귈 기회가 많아진다. 얼마 안 가서 너도 파리 사교계에 일원으로 따뜻하게 받아들여지게 될 것이다. 이런 차려놓은 밥상을 받은 영국인은 내가 아는 범위 내에서는 네가 처음이다. 게다가 들어가는 비용도 큰 액수가 아니므로 내게 부담이 되지 않는다.

너는 그 문제에 있어서 쓸데없는 걱정은 안 해도 좋다. 그보다도 너의 프랑스어는 완벽에 가깝다고 할 수 있으므로 곧 프랑스 사회에 익숙해져, 지금까지 생활한 어느 시기보다도 충실한 나날을 보내게 될 것이다. 더 이상 무엇을 바라겠느냐. 유감스러운 일이지만, 프랑스로 나간 영국 청년의 상당수가 프랑스어를 잘 구사하지 못한다.

그것뿐이면 괜찮겠지만, 사람들과의 교제 방법도 잘 모르기 때문에 그들은 자기표현을 적절히 하지 못하고 당연히 프랑스 사회도 이해하지 못하게 된다. 그 결과 겁쟁이가 된다. 겁쟁이는 좋지 않다. 겁이 많고 자신이 없으면 상대가 남성이든 여성이든 자기보다 수준이 낮은 상대와 사귀게 된다.

무엇을 하든 본인이 '한 번 해 보자'고 노력하고, '할 수 있다'고 자기 자신에게 타이르면 어떻게든지 할 수 있게 되는 법이다. 너도 자주 본 일이 있을 것이다. 인간적으로 유별나게 우수한 것도 아니고 교양도 없는데, 쾌활하고 적극적이고 끈기가 있다는 이유 덕분에 출세한 사람들을 말이다.

그러한 사람은 남성이나 여성에게 결코 거부당하는 일이 없다. 또한 어떤 곤란한 일이 닥쳐도 좌절하는 일이 없다. 두 번 세 번 넘어져도 다시 일어나 끝까지 처음 마음먹은 대로 의지를 관철시킨다. 정말 훌륭하다고 말할 수 있다. 너도 이를 본받기 바란다. 너의 인격과 교양을 확고히 해서 목표를 향해 전진하면 훨씬 빨리 그리고 훨씬 더 정확히 도달할 수 있다. 너에게는 그런 자질이 있다. 다시 일어설 힘도 있다.

포기하지 말라 어떻게든 길은 열린다

사회에서는 재능이 첫째 조건이지만, 거기에 더하여 자기의
생각을 확고히 정립하고, 투철한 의지와 불굴의 끈기가 있으
면 무서울 것이 없다. 가능한 한 갖가지 수단과 방법으로 도전
하면 어떻게든 길이 열린다. 한 가지 방법으로 안 되면 새로운
방법을 시도하여 가능하도록 만들어야 한다.

역사를 조금 거슬러 올라가 보면, 강력한 의지와 노력을 경
주하여 마음먹은 대로 일을 성사시킨 사람이 상당히 많음을
알 수 있다. 예를 들면 마자랭(Mazarin 프랑스의 정치가 1602~1661)
와 여러 번 교섭 끝에 피레네 조약을 체결한 재상 돈 루이드
알로가 그렇다. 그는 타고난 냉정함과 끈기로 교섭을 유리하
게 이끌어내었다.

마자랭은 흔히 이탈리아인이 그렇듯이 쾌활함과 성급함이

몸에 밴 인물이었다. 한편 돈 루이드는 스페인 사람 특유의 냉정함과 침착성, 인내력을 겸비한 인물이었다. 교섭의 테이블에 앉은 마자랭의 최대 관심사는 파리에 있는 숙적 콩데공이 다시 쿠테타를 일으키지 못하도록 저지하는 일이었다. 그래서 조약 체결을 서둘러 매듭짓고 빨리 파리로 돌아가고 싶었다. 파리를 비워두고 있으면 무슨 일이 일어날지 초조했기 때문이다. 돈 루이드는 이것을 눈치채고 교섭을 할 때마다 콩데공의 이야기를 꺼내는 것을 잊지 않았다. 그래서 마자랭은 한때 교섭 테이블에 앉는 일조차 거부할 정도였다. 결국, 시종 변함없는 냉정함으로 밀고 나간 돈 루이드가 마자랭이나 프랑스 왕조의 의향과 이익에 반하여 조약을 유리하게 체결하는 데 성공하였다.

중요한 것은 불가능과 가능을 분별하는 능력이다. 어렵기는 해도 분명 그것이 가능한 일이라면 정신력과 끈기만으로 어떻게든 일을 성사시킬 수 있다.

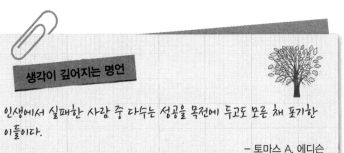

생각이 깊어지는 명언

인생에서 실패한 사람 중 다수는 성공을 목전에 두고도 모른 채 포기한 이들이다.

— 토마스 A. 에디슨

제 7 장

인간관계의 비결
다른 사람을 칭찬하고 있는가?

" 자식은 자신의 소유인 동시에 아니기도 하다. 이미 독립되어 있으므로 인류 중의 한 인간이다. 자식은 자신의 소유이므로 교육의 의무를 다하여 자립할 수 있는 능력을 길러주어야 한다. 또 소유가 아니므로 하나의 독립된 인간으로 만들어야 한다. **"**

노신(魯迅 중국의 작가 1881~1936)

상대방을 기쁘게 해주는 것이
교제의 첫째 원칙이다

　이번에는 사람들과의 교제에 있어 어떤 행동을 해야 되는가
에 관해서 이야기하겠다. 나의 오랜 관찰과 경험을 근거로 해
서 말이다. 우선 말하고 싶은 것은 아무리 훌륭한 사람과 친분
을 맺는다 해도, 너에게 상대방을 기쁘게 해주려는 마음이 없
으면 아무런 소용이 없다는 것이다. 너는 언젠가 스위스를 여
행하고 있을 때 친절한 대접을 받아 무척 기뻤다는 편지를 보
내 온 일이 있었다.

　그 때 나는 너에게 다음과 같은 편지를 써 보냈는데, 지금도
기억하고 있느냐? '남이 너에게 마음을 써준 것이 고맙고 기쁘
다면 너도 남에게 마음을 써주어라. 네가 마음을 써주고 친절

하게 대하면 대할수록 상대방도 기뻐하는 법이란다.'라고 말이다. 이것이 사람과 교제하는 첫째 원칙이다. 대부분의 사람은 애인이나 존경하는 인물에 대해서 자발적으로 그를 염려하고, 기쁘게 해주고 싶다는 마음이 솟아오르는 법이다.

이 마음이 없으면 실제로 남을 기쁘게 해줄 수 없다. 교제의 출발점은 상대방을 생각하는 어진 마음이다. 그러한 마음 상태에 놓이면 어떠한 언행을 취해야 하는가를 자연히 알게 된다. 상대방을 기쁘게 해주려는 마음은 누구나 가지고 있다. 하지만 교제하는 가운데, 실제로 상대방을 기쁘게 해주는 방법을 알고 있는 사람은 적다. 너는 꼭 이것을 알아두기 바란다.

그렇다고 해서 무슨 특별한 규정이 있는 것은 아니다. 한 가지 내가 확실히 말할 수 있는 것은, 남이 너에게 해주어서 기쁜 행동을 너도 남에게 해주는 것이다. 잘 생각해 보면 무슨 뜻인지 알 수 있다. 남이 너에게 무슨 일을 해주었을 때 네가 기뻤는가를 회상하는 것이다. 어떤 일인지를 깨달았다면 너도 똑같은 일을 하면 된다. 상대방도 틀림없이 네가 기뻐했던 것처럼 기뻐할 것이다.

그럼 실제로 사람을 기쁘게 해주는 좋은 교제를 하기 위해서는 어떤 일에 주의하면 좋을까?

인간은 자기가 남을 존경할 때만 존경받을 수 있다.

– 에머슨 〈강연과 스케치〉

대화를 할 때 혼자서 독점하지 말라

첫째, 혼자서 계속 지껄여대는 행동은 좋지 않다. 그러나 오랜 시간 혼자서 떠들어야만 될 때가 있다. 그럴 경우 적어도 듣고 있는 사람이 지루하지 않도록, 또 될 수 있으면 그가 즐겁게 들을 수 있도록 해야 한다. 그렇지만 그것도 피치 못할 경우에 해당된다. 본래 대화라고 하는 것은 혼자 독점하는 것이 아니다. 너 혼자서 다른 사람의 몫까지 차지해서는 안 된다.

특히 제각기 자기의 몫을 차지할 능력이 있을 경우 너는 네 몫만 차지하면 된다. 혼자서 계속 지껄이는 그런 사람은 대개 딱하게도 그 장소에 있는 누군가 딴 사람, 그것도 대개는 가장 말수가 적은 사람이나 우연히 옆자리에 앉은 사람을 붙잡고 약간 작은 목소리로 소곤거리며 끝없이 말을 이어 간다. 이것은 매우 예절에 어긋나는 행위라고 생각한다. 그것은 공명정

대한 태도라고 말할 수 없기 때문이다.

대화란 여러 사람이 함께 만들어 내는 공공의 것이다. 그렇지만 만일 반대로 네가 그러한 몰지각한 사람에게 붙잡혔을 때, 너는 그것을 참는 편이 나을 것이다. 적어도 겉으로는 그 사람에게 주의를 기울이고 있는 듯한 표정으로 가만히 참아야 한다. 보기 좋게 거절해서는 안 된다. 그 사람에게 있어서 네가 귀를 기울여 주는 것보다 기쁜 일은 없을 테니까 말이다. 이야기를 듣는 도중에 등을 돌리거나, 아주 난처한 표정을 짓는 것만큼 모욕적인 것은 없다.

상대에 따라 모임의 성격에 따라 화제를 선택하라

이야기 내용은 될 수 있으면 거기에 모인 사람들이 모두 좋아할 수 있고 유익한 것을 고르면 좋다. 역사 이야기, 문학 이야기, 다른 나라 이야기 등은 날씨나 옷, 세간의 소문보다 훨씬 유익하고 즐거울 것이다. 가볍고 조금 익살스러운 이야기가 필요한 경우도 있다.

내용적으로는 아무 쓸모없는 이야기지만 다채로운 사람들이 모였을 때는 공통의 화제로 삼기에 가장 적당하다. 게다가 무엇인가를 교섭하는 장소에서 자칫 험악한 분위기가 될 듯할 때, 유머가 넘치는 이야기를 하면 무거운 분위기를 단번에 씻어 준다. 그럴 때 잠깐 익살스런 화제를 꺼낸다는 것은 조금도 부끄러운 일이 아니다. 슬쩍 음식에 관한 이야기를 하거나 술의 향기나 제조방법으로 화제를 돌린다.

이는 아주 세련된 대화 방법을 아는 사람이다. 상대에 따라서 화제를 바꾸라는 말은 새삼스럽게 너에게 할 필요가 없을 것이다. 언제나 똑같은 화제를 똑같은 태도로 꺼낼 정도로 너는 바보가 아니기 때문이다.

정치가에게는 정치가에게, 철학자에게는 철학자에게 적합한 화제가 있다. 물론 여성에게는 여성에게 적합한 화제가 있다. 이처럼 상대방에 따라서 빛깔을 달리하는 카멜레온처럼 자유자재로 화제를 선택하라. 이것은 영악한 태도도 아니고 야비한 태도도 아니다.

이것은 교제에 빼놓을 수 없는 윤활유와 같은 역할을 해준다. 자기 자신이 일부러 말하지 않아도 그 사람에게 장점이 있으면 그 장점은 자연히 대화하는 가운데 스며 나오게 되어 있다. 만일 자기에게 자신 있는 화제가 없다면 어떤 화제를 택할까 고민하기보다 남의 터무니없는 이야기에 맞장구를 치는 게 낫다.

의견이 대립되는 화제는 피하는 것이 좋다. 만일 그런 화제를 택했을 경우 서로 의견이 달라 험악한 분위기가 될 수 있다. 의견이 대립되어 토론이 격화될 것 같으면 적당히 얼버무리든가 기지를 살려서 그 화제를 끝내는 편이 좋다.

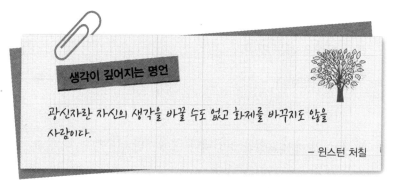

생각이 깊어지는 명언

광신자란 자신의 생각을 바꿀 수도 없고 화제를 바꾸지도 않을 사람이다.

– 윈스턴 처칠

자기 이야기만 하지 말라

어떠한 일이 있어도 자기 자신의 이야기만 하는 행동은 피해야 한다. 아무리 훌륭한 사람이라도 자신의 이야기를 할 때는 허영심이나 자존심이 가면을 쓰고 나와 머리를 드는 법이다. 이는 다른 사람들에게 불쾌감을 준다. 자기 자신의 이야기에도 여러 가지가 있다.

화제의 흐름과는 무관한 자신의 이야기를 대화 도중 갑자기 아무런 거리낌 없이 꺼내고, 결국에는 자기 자랑으로 끝내

버리는 사람이 있는데, 이것은 예의에 벗어나는 무례한 행농이다. 교묘하게 자기의 이야기를 끌어내는 사람도 있다. 예컨대 마치 자기가 이유 없는 비난을 받고 있는 것처럼, 그런 비난은 부당하다며 '본인이 그렇게 생각하고 있을 뿐이지만'이라고 말하며 결국에는 자기의 장점을 열거하면서 자기를 정당화하고 자랑을 하는 것이다.

그들은 말한다.

"이런 말을 하는 것은 정말 우습죠? 나도 말하고 싶지 않아요. 사실 말하지 않았을 것입니다. 그렇지만 너무해요. 내가 하지도 않은 일로 이렇게 심한 비난을 받지만 않았어도 이런 말은 하지 않았을 거예요."

확실히 정의라는 것은 누구에게나 있다. 그러므로 비난을 받으면 혐의를 벗기 위하여, 보통 때는 입에 잘 답지 않는 말을 해도 좋다고 우긴다면 그것도 일리가 있다. 그러나 이것은 얼마나 얄팍한 생각인가! 자기의 허영심을 위해서라면 염치없이 그 옷을 벗어 던져도 좋다니!

그러한 무례한 행위가 또 어디 있는가. 속셈이 뻔히 보이지 않는가! 똑같은 자기 이야기를 하더라도 좀더 음험하게 자기를 비하시키는 방법을 사용하는 사람도 있다. 이것은 더 어리석은 수작이다. 그런 사람은 먼저 자기는 약한 인간이라고 고백한다. 그러고 나서 자기의 불행을 슬퍼하고 그리스도교의 일곱 가지 덕목에 맹세를 한다. 물론 그렇게 하면서 다소의 부끄러움이나 망설임을 느끼기는 한다. 이런 사람들은 알지 못하고 있다. 그런 식으로 불행을 슬퍼한다 해도 주위 사람들은 동정하지도 않고 힘이 되어 주지도 않으며, 단지 난처한 표정을 지을 뿐이라는 것을 말이다. 그런데도 거기까지 생각이 미치지 않는 그들도 분명히 이것만은 알고 있다.

자기처럼 단점 투성이의 인간은 성공은커녕 순탄하게 살아가기조차 어렵다. 하지만 그렇다고 해서 그 버릇을 쉽게 고치지는 못한다. 그래서 최후의 발버둥을 치거나 저항을 하는 것이다. '그런 일이 있을 수 있는가?'라고 생각할지 모르지만 이것은 사실이다. 너도 이런 사람을 만나는 경우가 생길 것이니 주의해서 살펴보기 바란다.

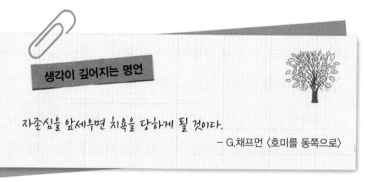

생각이 깊어지는 명언

자존심을 앞세우면 치욕을 당하게 될 것이다.

― G.채프먼 〈호미를 동쪽으로〉

그러나 이처럼 허영심이나 자존심이 겉으로 뚜렷이 드러나지 않는 것은 그래도 조금 나은 편이고, 심한 경우에는 정말로 시시한 것까지 증거로 내세워서 노골적으로 자기 자랑을 하는 사람도 있다. 칭찬받고자 하는 일념으로 자기 자랑을 하는 사람을 너도 본 일이 있을 것이다. 그런데 그들의 이야기가 만일 정말이라고 하더라도 그것으로 인해 실제로 칭찬받는 일은 거의 없다.

이를테면 자기와 별로 관계가 없는 일. 즉 자기는 저 유명한 인물 아무개의 자손이라든지, 친척이라든지, 지인이라는 것 등을 자랑스럽게 이야기하는 사람이 있다. 그런 사람은 대개 "우리 할아버지는 아무개입니다, 백부는 아무개이며, 친구는 누구누구입니다……."라고 그칠 줄 모르고 계속 지껄여댄다.

그런데 그것이 정말이라고 해도, 그것이 어쨌다는 말인가? 할아버지가 아무개고 백부가 아무개라고 해서 그 사람이 훌륭한가? 그렇지는 않다. 또 어떤 사람은 혼자서 술을 5~6병 비웠다고 자랑스러운 듯이 말하는 경우도 있다. 그 사람을 위해서 감히 말하건대 그것은 거짓말이다.

그렇지 않다면 그는 사람이 아닌 괴물이다. 이처럼 예를 들자면 끝이 없을 만큼 인간은 허영심 때문에 바보스런 말을 하거나 이야기를 과장한다. 그리고 그 때문에 본래의 목적을 달성하지 못하고 도리어 자기에 대한 평가를 깎아 내리고 있다. 본질과 전혀 관계가 없는 말을 꺼내어 자기 자랑을 하는 행동은 내용이 없음을 스스로 폭로하는 것과 다름없다.

말을 하지 않아도 장점은 빛난다

어리석은 행위를 하지 않는 유일한 방법은 자기 이야기를 하지 않는 일이다. 인격이라는 것은 선악에 관계없이 언젠가는 알려지는 법이다. 일부러 그것을 말할 필요는 없다. 더구나 본인이 자기 입으로 말하면 아무도 그것을 믿지 않는다. 잘못이라도 그것을 본인이 직접 말하면 그 결점을 감출 수 있다든지, 장점이 더 빛날 것이라는 생각은 하지 말라.

그런 행동을 하면 결점은 한층 두드러지고 장점은 희미해져 버린다. 스스로 아무 말도 하지 않고 침묵하고 있으면 도리어 상대는 장점이 있다고 생각하는 법이다. 적어도 점잖다는 인정을 받게 된다. 더구나 침묵하고 있으면 불필요한 질투나 비방 또는 비웃음을 받는 일이 없다.

게다가 정당한 평가가 방해받는 일은 없다. 그리고 또 아무리 교묘하게 변장하고 있다고 하더라도 자기 스스로 그것을 말해 버리면 주위 사람의 반감을 사고 생각지 않은 결과를 가져올 수 있다. 그런 일을 방지하기 위해서는 자기 이야기를 하지 않는 것이 최선의 방법이다.

생각이 깊어지는 명언

인간의 인격은 말하지 않아도 저절로 드러난다. 순간적인 행위와 말, 그리고 일신상의 의도는 인물 됨됨이를 나타내기에 충분하다.

－ 에머슨 〈수필 제1집〉

말과 행동을 신중하게 하라

　무엇을 생각하고 있는지 알 수 없는 사람이나 성격이 아주 어두워 보이는 사람이 있다. 그것도 칭찬받을 일은 못 된다. 첫 인상이 좋지 않아 괜한 오해를 받는다. 그리고 무엇을 생각하고 있는지 알 수 없는 사람에게는 아무도 자신의 속마음을 얘기하지 않는 것은 당연하다. 능력 있는 사람의 내면은 신중하더라도 그것을 겉으로 나타내지 않는다.

　외면적으로는 누구와도 손쉽게 융화되며, 싹싹하고 영리한 것처럼 행동하는 법이다. 자기 본심은 굳게 지키지만, 언뜻 보기에 개방적으로 보이게 함으로써 상대방의 방어를 풀어 버린다. 왜 자기 자신을 지켜야 할 필요가 있는가, 부주의하게 아무

말이나 지껄여 버리면 대개는 그 말이 어딘가에 인용되어 자기들 편리한 대로 이용되기 때문이다. 그러므로 매사에 신중함도 잃지 말아야 한다.

귀가 아닌 눈으로 듣는다

말을 할 때는 언제나 상대방의 눈을 쳐다보아야 한다. 말을 할 때 다른 곳을 보게 되면 무엇인가 양심의 가책을 받는 일이 있는 것이 아닌가라는 의심을 받는다. 게다가 말하는 상대방의 눈을 쳐다보지 않는 것만큼 실례가 되는 일도 없다. 천장을 쳐다보거나 창문 밖을 내다보거나 하는 그러한 행동들은, 지금 말하고 있는 사람보다 다른 일이 더 중요하다고 공언하는 것과 마찬가지다.

그런 행동을 하면, 다소나마 자존심이 있는 사람은 얼굴을 찌푸리게 된다. 누구든 이러한 취급을 받고 자존심이 상하지 않는 사람은 없다. 상대방의 눈을 쳐다보지 않고 말하는 것은 인상을 나쁘게 할 뿐만 아니라 자기의 말이 상대방에게 어떻게 받아들여지고 있는가를 관찰할 기회를 스스로 포기하는 것과 같다. 나는 상대방의 마음속을 읽으려면 귀보다도 눈에 의지하는 편이 좋다고 생각한다. 생각하고 있지 않은 것을 입으로 말하기는 쉽지만 눈에 나타내기는 극히 어려운 일이라고 생각하기 때문이다.

괜한 소문에는 관심을 갖지 말라

다음에 당부하고 싶은 점은 남의 소문에 귀를 기울이거나 그것을 퍼뜨리거나 하지 말라는 것이다. 당장은 즐거울지도 모르나 냉정하게 생각해보면 괜한 소문에 관심을 갖는 행위는 아무런 득이 없음을 알게 될 것이다. 중상하면 결국에는 중상을 한 사람이 비난을 받을 뿐이다.

웃음에도 품위가 있다

큰 소리로 웃는 행동은 좋지 않다. 큰 소리로 웃는 행동은 시시한 것에서 기쁨을 찾는 어리석은 자들의 행동이다. 정말로 기지가 풍부한 사람과 분별 있는 사람은 결코 남을 바보같이 웃게 하거나 하지 않는다. 웃더라도 소리를 내지 않고 미소를 지을 뿐이다. 결코 큰 소리로 웃는 따위의 천한 흉내는 내지 말라. 이는 바보임을 증명하는 것과 같다.

이를테면 누군가가 의자에 걸터앉으려고 한다. 그런데 그만 엉덩방아를 찧는다. 그래서 일제히 "와하하"하고 웃는다. 이 얼마나 저속한 웃음인가? 그런데 사람들은 그것이 즐겁다고 한다. 이 얼마나 속 좁은 일들인가? 못된 장난이나 시시한 우발적 사건을 보고 큰 소리로 웃는 것 말고, 마음도 풍요롭고 표정도 밝은 웃음을 찾아야 한다. 게다가 그렇게 큰 소리로 웃는 것은 눈에 거슬리고 보기 흉하다.

바보스러운 웃음은 참으려고만 하면 약간의 노력으로 간단하게 참을 수 있다. 그러나 그것을 참지 않는 이유는 그 웃음이 즐거운 것, 좋은 것이라는 고정 관념에 사로잡혀 있기 때문이다. 그래서 그것이 아주 바보스러운 행위임을 미처 깨닫지 못하고 있는 것이다.

생각이 깊어지는 명언

상놈은 자주 깔깔거리지만 결코 미소를 띠지 않는 반면, 양반은 미소를 자주 띠지만 좀처럼 깔깔거리지 않는다.

– 체스터필드 경 〈서간집〉

사소한 버릇으로 보기에 좋지 않은 행동은 하지 마라

말을 하면서 무턱대고 웃는 버릇이 있는 사람이 있다. 내가 알고 있는 와라 씨도 그러하다. 그의 인격은 아주 훌륭하지만, 그는 곤란하게도 웃지 않으면 이야기를 하지 못한다. 그래서 이것을 잘 모르는 사람들은 계속 웃는 그를 보고 처음에는 머리가 조금 이상한 사람이라고 생각하곤 한다. 이외에도 그다지 좋은 인상을 주지 못하는 버릇들이 많다.

처음 사회에 진출했을 때 무료한 나머지 묘한 흉내를 내보이거나 무의식중에 한 번 해 본 동작이 그냥 그대로 몸에 굳어 버린 경우도 있다. 처음 사회생활을 하게 되면 어떻게 처신해야 할지 몰라서 갖가지 표정을 지어 보기도 하고 다양한 동작을 시도해 보기도 하는 법이다.

그러나 그것이 어느새 버릇이 되어 버린다. 코에 손을 대거나 머리를 긁거나 모자를 만지작거리기나 하는 것들 말이다. 어딘지 모르게 어색하고 침착성이 없는 사람은 어딘가에 이런 버릇이 남아 있기 마련이다. 그렇다고 그 정도의 행동은 괜찮다는 뜻이 아니다. 보기에도 좋지 않은 이런 행동은 될 수 있으면 하지 않는 편이 바람직하다.

조직 활동에서의 대인관계

재치나 유머, 농담은 어떠한 집단을 벗어나면 통용되지 않는 경우가 많다. 그런 것은 특수한 토양에서 생겨나는 산물이기 때문이다. 다른 땅에 이식하려 해도 제대로 자라지 못한다.

어떠한 그룹이거나 그 그룹 특유의 배경이 있을 것이다. 거기에서 독특한 표현법이나 말씨가 생겨나고, 나아가 독특한 유머나 농담이 생겨나는 것이다. 그것을 토양이 다른 그룹으로 가져가면, 무미건조하고 아무런 재미도 없게 된다.

재미없는 농담만큼 비참한 것은 없다. 좌석은 흥이 깨지고 심한 경우에는 무엇이 재미있는지 설명해 달라는 말을 듣게 된다.

농담뿐만 아니다. 어떤 모임에서 들은 이야기를 다른 모임에 가서 함부로 떠벌려서는 안 된다. 대단치 않은 일이라고 생각할지 모르지만 그 말이 돌고 돌아서 나중에 중대한 사태를 초래할 수도 있다.

게다가 무엇보다 그런 행동은 예의에 어긋난다. 어디에서인가 들은 대화를 함부로 입 밖에 낸다는 것은 무언의 약속을 깨는 행위이다. 물론 뚜렷한 규정은 없다. 하지만, 그것을 어기면 여기저기서 비난을 받게 되어 어디를 가나 좋게 받아들여지지 않는다.

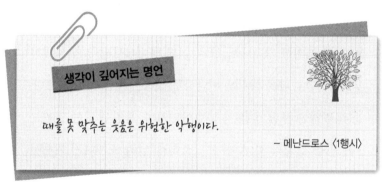

생각이 깊어지는 명언

때를 못 맞추는 웃음은 위험한 악행이다.

― 메난드로스 〈1행시〉

자신의 의지와 생각을 쉽게 바꾸지 말아라

어떤 그룹에도 이른 바 호인이 있다. 호인이라는 이유 하나만으로 그 집단에 들게 된 사람이 있다. 그것을 잘 관찰해 보면 자기의 견해도 의지도 없는 경우가 많다.

그들은 동료들이 말하는 것에 무엇이든 쉽게 동의한다. 동료들이 동의했다는 이유만으로 아무리 잘못된 일에도 아주 간단히 영합해 버린다.

왜 그런 어리석은 짓을 하는가? 그것은 자신의 뚜렷한 의견이 없기 때문이다. 너는 보다 더 정정당당하게 그룹의 일원이 되도록 노력해 주기 바란다. 그러기 위해서는 자신의 의지와 생각을 가지고 있어야 하며, 그것을 쉽게 바꾸지 않는 마음가짐이 중요하다.

또 그것을 표현할 때는 예의 바르고 유머 있게 그리고 될 수있는 한 품위를 갖추어야 한다. 너의 나이에서 높은 위치에서말을 하거나, 다른 사람을 비난하듯 말하는 것은 아직 이르다. 소위 말하는 사람 좋은 아첨이 아니라면, 붙임성 있는 말씨는비난받을 성질의 것이 아니다. 오히려, 남과 교제하기 위해서는 꼭 필요한 요소가 아니겠느냐?

이를테면 대수롭지 않은 결점은 모르는 체하고, 눈에 거슬리는 말과 행동은 너그러이 봐준다. 그 뿐만 아니라, 일정한 범위 안에서 적극적으로 공치사를 하는 것도 현명할 수 있다. 또그렇게 하는 편이 상대방에게 친밀감을 주기 쉽다. 공치사를 듣는 쪽도 기뻐하고, 칭찬을 받지 못하면 그 이상 자기를 향상시키지 못하는 경우가 많다.

다소의 아부도 경우에 따라서는 도움이 된다

어떠한 그룹에도 그 그룹의 말씨나 복장, 취미나 교양을 좌우하는 인물이 있다. 여성이라면 우선 미모, 기지, 복장 그 밖의 모든 면에 뛰어난 인물이 있을 것이다. 어느 모임에서 좌석을 열광시켰는가 하는 것보다도, 좀더 근본적인 차원에서 그룹 전체를 이끌어 나갈 수 있는 인물인가 아닌가가 결정적 요소가 된다. 모든 사람의 눈이 이런 사람에게 집중되는 것은 지극히 자연스럽다.

일종의 위압감이 있어서일지도 모른다. 이것을 거역하면 어떻게 되는가? 어떠한 기지도 예절도, 취미도 복장도, 당장에 거부당한다. 그러므로 그런 사람에 대해서는 다른 생각할 필요 없이 그저 따르는 게 좋다. 다소의 아부도 좋다. 그렇게 하면 강력한 추천장을 받은 것이나 다름없이 그 그룹뿐만 아니라 가까운 이웃 영토에까지 자유로이 출입할 수 있는 통행증을 손에 넣을 수 있다.

배려할 줄 아는 사람이 되라

다른 사람을 성나게 하기보다는 기쁘게 하고 싶고, 욕을 먹기보다는 칭찬받고 싶고, 미움받기보다는 사랑을 받고 싶다면 항상 상대방에 대한 배려를 잊어서는 안 된다. 그것도 아주 약간이면 된다. 예를 들면 사람에게는 제각기 싫어하는 개인적인 성향이 있다. 그것을 관찰하여 좋아하는 것을 그의 눈앞에 드러내고 싫어하는 것을 감춘다.

흔한 예로 "당신이 좋아하시는 술을 준비해 놓았습니다."라고 말해본다. 혹은 "그 분을 별로 좋아하시는 것 같지 않아서 오늘은 초대하지 않았습니다."라고 말하는 것도 한 방법이다. 그러한 자연스러운 배려가 상대방의 마음을 열게 하고 감격시킨다. 이와는 반대로 싫어하는 것을 알면서도 부주의를 한다면 그 결과는 명백하다. 상대방은 바보 취급당했다거나, 푸대접받았다고 분개하여 언제까지나 서운한 생각을 가지게 된다.

이런 아주 사소한 것들, 사소하면 사소할수록 상대방은 오히려 그러한 배려를 기뻐하며, 더 많이 감격하는 법이다. 너도 아주 사소한 배려로 인해 뛸 듯이 기뻤던 경험이 분명 있을 것이다. 인간이라면 누구나 가지고 있는 허영심이 그 일로 인하여 얼마나 만족하게 되었는가를 느꼈을 것이다. 그 뿐만이 아니다. 그 사소한 배려로 사람들에게 호의를 갖게 되고, 그 사람의 하는 것, 행하는 것 모두를 긍정적으로 받아들이게 되지 않았던가? 인간이란 그런 것이다.

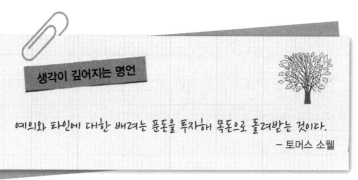

생각이 깊어지는 명언

예의와 타인에 대한 배려는 푼돈을 투자해 목돈으로 돌려받는 것이다.

– 토머스 소웰

상대방이 인정받고 칭찬받고 싶어하는 것을 칭찬하라

특정한 사람의 마음에 들고 친구가 되려고 한다면 그 사람의 장점을 찾아내어, 칭찬하는 방법도 있다.

사람에게는 실제로 우수한 부분과 우수하다고 인정을 받고 싶은 부분이 있게 마련이다. 우수한 부분을 칭찬 받으면 기쁘지만, 그 보다 더 기쁜 것은 우수하다고 인정받고 싶은 것을 칭찬 받는 일이다. 이보다 더 자존심을 살려주는 것은 없다.

예를 들면 아마 지금까지의 정치가들 중에서도 뛰어난 재능을 가지고 있었던 추기경 리슐리외를 상기해도 좋을 것이다.

그는 정치가로서의 명성에 만족하지 않고 시인으로서 누구보다도 우수하다고 인정받고 싶다는 쓸데없는 허영심을 가지고 있었다. 그래서 위대한 코르네유(Comeille 프랑스의 시인, 극작가 1606~1684)의 명성을 질투하여 다른 사람에게 일부러 '르 시드(Le cid)'의 비평을 쓰게 했다. 이것을 본 아부 잘하는 사람들이 리슐리외의 정치 수단에 관해서는 거의 언급하지 않고, 시인으로서의 재능을 매우 칭찬했던 것이다.

그들은 알고 있었다. 그렇게 하는 것이 리슐리외로 하여금 자신들에게 호의를 갖게 하는 가장 좋은 약이라는 것을 말이다. 리슐리외는 정치 수단에는 자신이 있었지만 시인으로서의 재능에는 자신이 없었기 때문이다.

누구든지 칭찬을 받고 싶은 부분이 있다. 그것을 발견하기 위해서는 관찰하는 방법이 제일이다. 그 사람이 자주 입에 담는 화제를 주의하면 된다. 대개는 자기가 칭찬 받고 싶은 것, 우수하다고 인정받고 싶은 것을 가장 많이 화제에 올리는 법이다. 그 곳이 급소인 것이다. 그곳을 찌르면 상대방은 즉각 반응을 보인다.

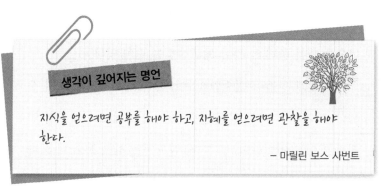

생각이 깊어지는 명언

지식을 얻으려면 공부를 해야 하고, 지혜를 얻으려면 관찰을 해야 한다.

– 마릴린 보스 사번트

때로는 눈을 감아주는 것도 처세의 한 방법이다

나는 야비한 아첨으로 사람을 조종하라고 말하는 것은 아니다. 남의 결점이나 나쁜 행동까지 칭찬할 필요는 없고, 칭찬해서도 안 된다. 결점은 미워해야 하고 좋지 않다고 단언해야 마땅하다.

그렇지만 다시 한 번 생각해 주기 바란다. 인간의 결점이나, 천박하고 소갈머리 없는 허영심에 대해서 눈을 감지 않으면 이 세상은 결코 살아갈 수 없다.

누군가가 실제보다 현명하다고 인정받으려 한다 해서, 또 아름답다고 인정받으려 한다 해서 다른 사람에게 해를 끼치지는 않는다. 천진난만하지 않은가? 그런 사람들에게 그런 생각은 잘못이라고 말해 보았자 부질없는 일이다. 그런 말을 해서 불쾌하게 만드는 것보다는, 차라리 다소의 공치사로 그들의 마음을 기분 좋게 해 주어 친구가 되는 편이 낫다.

상대에게 장점이 있으면 너는 기분 좋게 찬사를 보낼 수 있다. 하지만 그다지 찬성할 수 없는 일임에도 사회에서 인정받고 있는 것이라면, 두 눈 딱 감고 찬성하는 쪽이 나을 때도 있다.

너에게는 칭찬하는 재주가 별로 없는 모양이더구나. 그런데 그것은 인간이 얼마나 자기의 생각이나 취미를 남에게 지지 받고 싶어 하는지, 더 나아가 분명히 잘못된 생각일지라도 그것을 너그러이 보아주기 바라는지를 아직 잘 모르기 때문이다.

우리는 자기의 생각뿐만 아니라 버릇이나 복장과 같은 시시한 것까지도 흠을 잡히면 불쾌하게 생각하고, 칭찬을 받으면 크게 기뻐한다. 이런 재미있는 이야기도 있다.

찰스 2세의 악명 높은 통치 시대 이야기다. 당시에 대법관을 맡아보고 있던 샤프츠베리 백작은 대신으로서 뿐만 아니라 개인적으로도 왕의 마음에 들고 싶어하였다.

왕이 여자를 좋아한다는 것을 알고 있었던 샤프츠베리는 거기에서 한 가지 계략을 생각해 내어 자기도 첩을 두었다. 그러나 그는 실제로 여자를 가까이 하지 않았다고 한다. 그 소문을 듣게 된 왕은, 그것이 사실이냐고 물었다. 샤프츠베리는 "정말입니다. 그 여자 말고도 여러 명을 첩으로 두고 있습니다. 변화가 있는 편이 즐거우니까요."라고 대답했다.

며칠이 지나 알현식 때, 왕은 멀리서 샤프츠베리를 보자 주위 사람들에게 이렇게 말했다.

"모두들 믿을 수 없다고 생각하겠지만 저기에 있는 마음 약한 작은 사나이가 이 나라에 제일가는 난봉꾼이오."

샤프츠베리가 가까이 다가가자 웃음이 터졌다.

"지금 자네 이야기를 하고 있었네."라고 왕은 말했다.

"예? 제 이야기를 말입니까?"

"그렇다네. 자네가 이 나라에서 제일가는 난봉꾼이라고 이야기하고 있던 중이네. 어떤가. 틀리는가?"

샤프츠베리는 대답했다.

"아, 그 이야기 말입니까? 그것이라면 아마 제가 제일간다고 할 수 있을 것으로 생각됩니다."

왕이 얼마나 기뻐했는지는 쉽게 상상할 수 있을 것이다. 사람에게는 제각기 독특한 사고방식, 행동양식, 성격과 외모가 있다. 그것들에 관해서는 적어도 입 밖에 내어 이러쿵저러쿵 말하지 않는 것이 일종의 약속처럼 되어 있다. 그러므로 사실과 조금 다르더라도, 그것이 각별히 나쁜 일이나 자신의 위신에 상처를 주는 일이 아닌 한, 순응하는 것이 중요하지 않을까 한다.

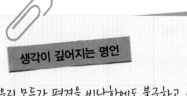

생각이 깊어지는 명언

우리 모두가 편견을 비난함에도 불구하고, 아직은 모두가 편견을 가지고 있다.

— H. 스펜서 〈사회학 원리〉

보이지 않는 곳에서 칭찬하는 것도 상대방을 기쁘게 하는 것이다

상대방을 기쁘게 만들고 싶다면 조금 전략적이기는 하지만 뒤에서 칭찬을 해보는 것이다. 그렇다고 해서 다만 뒤에서 칭찬하는 것으로 끝나면 의미가 없다. 그것은 상대방에게 확실히 전해져야 하기 때문이다.

그러므로 중요한 것은 칭찬한 것을 전해줄 사람을 선정하는 일이다. 그 말을 전달함으로써 덕을 볼 사람을 찾으면 된다. 그렇게 하면 확실히 전해 줄 뿐만 아니라, 어쩌면 이보다 더 기쁜 것, 더 효과적인 것은 없다고 해도 과언이 아니다.

이제까지 말해 온 것들은 앞으로 사회생활의 첫발을 내딛게 되는 네가 기분 좋은 교제를 하는 데 필요한 것들이라고 생각된다.

나도 네 나이 때 이런 것들을 알고 있었더라면 얼마나 좋았을까? 나의 경우는 이것들을 아는 데 35년의 세월이 걸렸다. 그렇기는 하지만 지금이라도 네가 그 열매를 거두어 준다면 후회는 없다.

적이 없는 사람이 강한 사람이다

　이 세상에 적이 없는 사람은 없고, 모든 사람에게 사랑받는 사람도 없다. 그러나 그렇다고 해서 사랑받으려고 하지 않아도 좋다는 뜻이 아니다. 나의 오랜 경험에 비춰보면 친구가 많고, 적이 적은 사람이 이 세상에서 가장 강한 사람이다. 그런 사람은 원한을 사거나 시기를 받는 일이 좀처럼 없으므로 누구보다도 빨리 출세하고, 몰락하더라도 사람들의 동정을 받게 된다.

　이렇게 생각해 보면, 친구가 많고 적이 적은 사람이 되겠다는 것을 항상 마음에 새겨 두고 노력해 볼 가치가 있는 목표가 아니겠니?

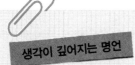

머리가 아니라 배려로 자신을 지킨다

너는 고 오몬드(Ormonde 아일랜드의 정치가1610~1688) 공작의 이야기를 들은 일이 있느냐? 머리는 나빴지만 예의범절에 관해서는 그보다 앞선 사람이 없었다. 그는 이 나라에서 제일가는 인품을 자랑했던 분이다.

본래 싹싹하고 상냥한 성격인데다가 궁정생활과 군대생활을 통해 몸에 익힌 사근사근한 언동과 자상한 배려심은 그의 뛰어나지 못한 능력을 보충하고도 남음이 있었다.

그 인품이 어느 정도였는지 뚜렷이 드러난 예는 앤 여왕이 죽은 후 불온한 움직임을 일으킨 사람들이 탄핵 재판을 받게 되자 같은 행동을 했다는 혐의로 오몬드 공작에게도 동일한 처벌을 할 필요가 생겼을 때 똑똑히 알 수 있다. 그는 탄핵은 받았지만 당시 정당간의 치열한 다툼에도 불구하고 공작을 철저하게 몰락시키는 신랄한 태도와는 아주 거리가 먼 것이었다.

오몬드 공작 탄핵 결의안은 다른 사람에 대한 탄핵안보다도 훨씬 적은 찬성표로 상원을 통과했다. 그리고 탄핵의 주동자이기도 했던 당시의 국무대신 스텐호프가 앤 여왕의 뒤를 이은 조지 1세와 재빨리 교섭하는 등 조정에 나서서 다음 날은 공작을 왕에게 접견시킨다는 준비까지 되어 있었던 것이다.

오몬드 공작을 빼앗겨서는 이 소송에 이길 수 없다고 판단한 스튜워트 왕조 부활파의 로체스터 주교가 미처 생각이 미치지 못한 가엾은 공작에게로 달려가서 조지 1세와 접견해 봤자 불명예스러운 복종을 강요당할 뿐 용서 받을 수 없다고 장담하고 오몬드 공작을 도망치게 했던 것이다.

그 후 오몬드 공작의 사권 박탈이 가결되었을 때도 그에 항의하는 대중이 치안을 불안하게 하는 등 대소동이 일어났다. 공작에게도 적은 있었지만 호감을 가지고 있는 사람이 몇 천 명이나 더 많았던 것이다.

이런 일이 발생한 근본 원인에는 공작이 남을 기쁘게 해주고자 하는 자연스런 마음씨가 있었다. 그리고 그것을 행동으로 실천했기 때문이다.

생각이 깊어지는 명언

인간들은 서로 협조함으로써 자기들이 필요로 하는 것을 훨씬 더 쉽게 마련할 수 있으며, 단결된 힘에 의해 사방에서 그를 포위하고 있는 위험을 훨씬 더 쉽게 모면할 수 있다는 것을 깨닫게 될 것이다.

– 스피노자 〈윤리학〉

인덕을 방패로 삼고 있는 사람은 성공 가능성도 높다

인덕만큼 합리적이고 착실한 의지는 없다. 사람을 끌어 올리는 것은 다른 사람들의 호의이며, 애정이고 선행이다.

그런 것들을 손에 넣기 위해서는 어떻게 하면 좋은가? 무엇보다 그것들을 손에 넣겠다는 끊임없는 노력이 중요하다. 지금까지 노력하지 않고 얻은 사람이 없다.

사람들의 호의나 애정이라고 부르는 것은 연인 사이의 사소한 감정이나 친구 사이의 우애처럼 절친한 관계 속에서만 한정되는 것이 아니다. 우리들이 여러 부류의 인간들과 관계를 가질 때 그 사람에게 알맞은 방법으로 그 사람을 기쁘게 함으로써 손에 넣을 수 있는 보다 광범위한 호의, 애정, 선행을 말하는 것이다.

이러한 좋은 감정은 그 사람의 이해와 대립되지 않는 한 인제까지나 계속되는 법이다. 그 이상의 호의를 받을 수 있는 대상은 가족을 포함하여 기껏해야 서너 사람 있을까 말까 하다.

내가 지금까지 살아온 49년 이상의 경험을 가지고 20세부터 인생을 다시 살라고 한다면 나는 인생의 대부분을 될 수 있는 대로 많은 사람들로부터 사랑받도록 노력하는 데 소비할 것이다.

옛날처럼 자기에게 눈길을 주기를 바라는 남성이나 여성의 마음을 붙잡는 데만 골몰하여, 다른 사람은 어떻게 되어도 좋다는 식의 행동은 하지 않겠다. 자기가 겨냥했던 남성이나 여성의 평가가 부정적으로 치우치면 더욱 곤란해진다. 이런 일은 능력 있는 사람에게는 곧잘 있는 일이다. 이럴 경우 그 밖의 사람들은 화가 날 것이고, 어느 쪽을 향하면 좋을지 몰라 방황하게 된다.

그보다는 많은 사람들의 호감을 받고 그 속에서 느긋하게 있는 편이 낫다. 그것은 가장 큰 방패이다. 남성이든 여성이든 인간은 인덕에 약한 법이다. 인덕을 방패로 삼고 있는 사람은 성공의 가능성도 높고, 그 정도도 크다. 여성도 인덕이 있는 남성에게는 이상하게 마음이 끌리는 법이다.

인덕을 얻는 것은 그다지 어려운 일이 아니다. 우아한 몸가짐, 진지한 눈매, 세심한 배려, 상대를 기분 좋게 하는 말, 분위기, 복장 등 아주 조그마한 행위가 모이면 상대의 마음을 붙잡을 수 있다.

내가 지금까지 만난 사람들 중에는 겉으로 보기에는 아름답지만 조금도 내 마음을 붙잡지 못하는 여성, 분별력은 있는데 아무리 해도 좋아지지 않는 사람이 많이 있었다. 그 사람들은 자기의 아름다움과 능력에 자신이 있었기 때문에 사람의 마음을 붙잡는 기술을 소홀하게 했던 것이다.

나는 별로 외모가 뛰어나다고는 말할 수 없는 여성을 사랑한 적이 있다. 그러나 그 여성은 품위가 있고 남을 기쁘게 하는 기술과 마음을 붙잡는 기술을 잘 알고 있었다. 내 생애를 통해 그녀를 사랑했을 때만큼 내가 어떤 일에 열중했던 적은 없었던 것 같다.

생각이 깊어지는 명언

덕행은 인간을 인간 이상으로 높여줄 수 있고, 사악한 행동은 인간을 인간으로서의 조건과 가치 이하로 떨어뜨린다.

― 보헤티우스

제 8 장

자기의 품격을 기른다

학문이 공부는 아니다.

❝ 지식을 아는 사람은 현명한 아버지이다. **❞**

세익스피어(영국의 극작가, 시인 1564~1616)

아무리 단단한 골조라도
장식이 없으면 매력이 반감된다

　너라고 하는 작은 건축물도 이제 그 골조가 거의 완성되어 가고 있다. 이제 남아 있는 일은 아름답게 마무리하는 것이다. 그것은 너의 임무이며 또한 나의 관심사이다.

　너는 온갖 우아함과 소양을 몸에 지녀야 한다. 그것들은 골조가 확고하게 되어 있지 않으면 값싼 장식에 불과하다. 하지만 기초공사가 단단하게 되어 있으면 건축물을 더욱 돋보이게 한다. 그뿐인가, 아무리 단단한 골조라도 장식이 없으면 매력이 반감되는 수가 있다.

　너는 토스카나식 건축이라는 것을 알고 있겠지. 모든 건축 형식 중에서 가장 튼튼한 양식이다. 그러나 동시에 가장 투박

하고 멋이 없는 양식이기도하다.

틀튼하다는 점에서 말하면 대 건축물의 기초나 토대에는 안성맞춤이라고 할 수 있지만, 만일 이것으로 건물 전부를 세워 버리면 어떻게 될까? 아무도 그 건물을 눈여겨보는 사람이 없을 것이고 그 앞에서 발을 멈추거나 또 심지어는 안으로 들어가 보려는 사람도 없을 것이다. 앞에서 보았을 때 멋있지 않고 살벌하므로 사람들은 내부도 지레짐작을 하는 것이다. 그래서 일부러 안으로 들어가 마무리나 장식을 볼 필요가 없다고 생각한다.

그런데 토스카나식의 토대 위에 도리아식, 이오니아식, 코린트식의 기둥이 늘어서 있어 아름다움을 뽐내고 있다면 어떨까? 건축 따위에는 전혀 흥미가 없는 사람이라도 무의식중에 눈을 빼앗기고, 아무 생각 없이 지나가던 사람이라도 발길을 멈출 것이다. 그리고 안을 보고 싶다는 생각이 솟아올라 실제로 안으로 들어가 볼 것임에 틀림없다.

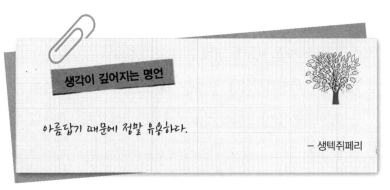

생각이 깊어지는 명언

아름답기 때문에 정말 유용하다.

— 생텍쥐페리

자신을 보다 돋보이게 하는 재능을 익힌다

여기에 한 남자가 있다. 그가 갖고 있는 지식이나 교양 정도는 보통이다. 하지만 그는 인상이 좋고 말하는 모습에 호감이 간다. 말하는 것, 행동하는 것, 모두가 품위가 있고 정중하며 붙임성이 있다. 말하자면 자기 자신을 좋게 보이게 하는 재능을 가진 인물이다. 여기에 또 한 사나이가 있다. 지식이 많고 판단력도 정확한 사나이다. 그렇지만 앞에서 말한 사나이처럼 자신을 좋게 보이게 하는 재능은 결여되어 있다.

자, 어느 쪽의 사나이가 세상의 풍파를 잘 헤치고 나갈 수 있을까? 그렇다. 분명히 앞에 말한 사나이가 더 잘 적응할 수 있을 것이다. 장식품을 많이 달고 있는 인물이 자기를 장식하려고 하지 않는 인간보다 유리하다.

별로 현명하다고 할 수 없는 사람들(전 인류의 4분의 3은 그렇지 않을까)의 마음을 붙잡는 것은 언제나 드러나는 겉모양이다. 그들에게는 예의범절과 몸가짐 그리고 응대하는 방법이 전부이다. 그 이상은 보려고 하지 않는다. 그렇지만 그것은 현명한 사람도 마찬가지이다. 현명한 사람도 눈이나 귀에 거슬리는 것, 마음을 끌지 못하는 것에 대해서는 머리가 따라가지 않는 법이다.

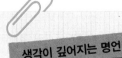

생각이 깊어지는 명언

사랑스러운 사람의 입에서 나는 양파 냄새가, 보기 흉한 사람의 손에
있는 장미 냄새보다 더 향기롭다.

– 사디 〈장미 정원: 늙은 남편의 추한 모습〉

처음부터 끝까지 품위를 유지하라

사람의 마음을 붙잡고자 한다면 먼저 오감에 호소하는 것
이 중요하다. 눈을 즐겁게 하고 귀를 즐겁게 해준다. 그렇게 해
서 이성을 단단히 사로잡고 마음을 빼앗는다. 그런 뜻에서 "끝
까지 품위를 유지하라."고 말하고 싶다. 똑같은 일이라도 품위
를 느낄 수 있는 것과 그렇지 않은 것은 하늘과 땅만큼의 차이
가 있다.

잠시 생각해 보라. 옷차림이 단정치 못하거나 더듬더듬 말
하거나 아주 작은 소리로 소곤소곤 말한다면, 또는 대답이 늘
똑같거나 부주의한 그러한 사람을 처음으로 만나게 되면 어떠
한 인상을 갖게 될까?

그 사람에 관해서 실상은 아무것도 모르고 있음에도 또는
어쩌면 그 사람이 아주 훌륭한 것을 많이 가지고 있음에도 불

구하고, 그 사람의 내면까지 깊이 파고들어갈 생각을 하지 않는다. 미리부터 그 사람을 마음속에서 거부하는 것이다.

그런데 그와는 반대로 말과 행동에 모두 신경을 쓰고 있어 품위를 느낄 수 있다면 어떨까? 내면 따위를 미처 파악하기 전에 그 사람을 본 순간 마음을 빼앗겨 호의를 갖게 되지는 않을까?

그것이 어떤 이유로 사람의 마음을 끄는가를 설명하기는 어렵다. 그렇지만 한 가지 말할 수 있는 것은 즉 사소한 동작이나 사소한 말이 그것 하나만으로는 빛을 내지 못하다가 많이 모여 비로소 빛을 낸다는 것이다.

마치 모자이크에 있어 조각 하나하나는 아름답지 않지만, 그 조각들이 모이면 아름다운 것과 비슷하다. 산뜻한 옷차림, 부드러운 동작, 절도 있는 매무새, 상냥한 목소리, 구김살 없고 밝은 표정, 상대방에게 맞장구를 쳐주면서도 분명한 말솜씨 등 이런 것들 하나하나가 사람의 마음을 붙잡는 것이다.

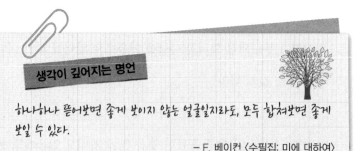

생각이 깊어지는 명언

하나하나 뜯어보면 좋게 보이지 않는 얼굴일지라도, 모두 합쳐보면 좋게 보일 수 있다.

— F. 베이컨 〈수필집: 미에 대하여〉

다른 사람의 장점을 닮자

다른 사람의 마음을 붙잡는 언행은 누구나 몸에 익힐 수 있는 것일까? 훌륭한 사람들과 자주 교류할 수 있는 입장이고 또 그럴 마음이 있다면 그렇게 할 수 있다. 그 훌륭한 사람들을 주의해서 관찰하고, 그들이 하는 그대로 따라하면 할 수 있게 된다.

우선 맨 처음에 보았을 때, 왠지 모르지만 호감이 가는 사람이 있다면, 자신을 끌어당기는 언동을 자세히 관찰하여 무엇이 그렇게 좋은 인상을 주고 있는가를 생각하기 바란다.

대개는 여러 가지 장점이 어우러져 좋은 인상을 주는 경우가 많다. 그 예를 들면 겸손하지만 당당한 태도, 비굴하지 않게 경의를 표하는 모습, 우아하고 뽐내지 않는 행동, 절도 있는 옷차림 등이다.

좋은 인상을 주는 요소가 무엇인지를 알았으면 흉내를 내어 본다. 그렇다 자기 개성은 무시하고 무조건 흉내를 내면 안 된다. 위대한 화가의 작품을 본떠 그리는 것처럼 아름다움의 관점에서나, 결코 원작보다 뒤떨어지지 않도록 공을 들여야 한다.

호감 있는 인물을 관찰하여 흉내를 낸다

예의범절도 훌륭하고, 호감을 주는 인물이라고 인정을 받는 사람을 만나면, 그 사람을 주목하여 관찰해 보라.

윗어른께는 어떠한 태도와 어떠한 말씨로 대하는가, 자기와 같은 지위에 있는 사람과는 어떠한 교제를 하는가, 자기보다 지위가 낮은 사람은 어떻게 다루는가를 세밀히 관찰해 보면 좋다. 오전 중에 사람을 방문했을 때는 어떠한 내용을 화제로 삼는가, 식탁에서는 또 저녁모임에서는 어떤 이야기를 주로 하는가 등등, 그것들을 잘 관찰하여 그대로 해 보는 것이다.

그렇다고 원숭이 흉내가 되어서는 안 된다. 그 사람의 복제물이 될 정도로 완벽히 흉내내야 한다. 그렇게 노력하는 동안, 만인에게 호감을 주는 인물은 결코 남을 가볍게 취급하는 일, 무시하는 일, 자존심이나 허영심에 상처를 주는 일 따위는 절대로 하지 않음을 알게 될 것이다.

또한 상대방의 입장에서 경의를 표하거나, 평가를 하거나 배려를 한다는 것을 알게 될 것이다.

뿌리지 않은 씨앗은 자라지 않는 법이다. 호감을 가질 수 있는 인물도 정성들여 씨앗을 뿌렸기에 풍성하게 열매를 수확할 수 있는 것이다.

호감을 얻을 수 있는 언행은, 실제로 흉내를 내고 있는 동안에 반드시 몸에 익힐 수 있다. 그것은 현재의 자기를 돌아보면 쉽게 알 수 있다. 현재 자신의 모습은 반 이상이 흉내로 이루어져 있는 게 아닐까? 중요한 점은 좋은 본보기를 선택하는 일, 그리고 무엇이 좋은가를 판별하는 일이다.

인간이란 평상시에 자주 이야기를 나누는 상대의 분위기, 태도, 장단점뿐만 아니라, 사고방식까지 무의식중에 닮아가게 마련이다. 내가 알고 있는 몇몇 사람도 그다지 뛰어난 머리를 가지고 있지 않음에도 불구하고 평소의 현명한 사람들과의 교제를 했기 때문에 생각지도 못한 멋있는 기지를 발휘할 때가 있다.

내가 항상 말하듯이 너도 훌륭한 사람들과 교제하면 모르는 사이에 그들을 닮아가게 될 것이다. 거기에 집중력과 관찰력이 더해지면 곧 그들과 같게 될 수가 있다.

어떤 사람이라도 스승이 될 수 있다

주위에 호감을 가질 만한 사람이 없으면 어떻게 하면 좋은가? 그럴 때는 누구라도 좋으나, 자기의 주변에 있는 사람을 차분히 관찰하도록 한다.

아무리 훌륭한 사람도 온갖 장점을 다 가질 수 없는 것과 마찬가지로, 아무리 쓸모없어 보이는 사람이라도 반드시 좋은 점을 한 가지는 가지고 있게 마련이다. 그것을 흉내내면 좋다. 그리고 좋지 않은 부분을 타산지석으로 삼으면 된다.

호감을 얻는 사람과 그렇지 못한 사람의 차이는 무엇인가? 그것은 말과 행동은 같아도 태도가 전혀 다르기 때문이다. 그것이 바로 호감을 얻게 되는 이유다. 세상에서 인기가 있는 인물도 그리고 품위를 전혀 느낄 수 없는 인물도 똑같이 말하고, 움직이고, 옷을 입고, 먹고, 마신다. 다른 것은 그 방법과 태도이다.

그러므로 화술, 걸음걸이, 먹는 방법이 어떨 때 나쁜 인상을 주는지를 관찰하면 앞으로 어떻게 해야 할지를 자연히 알게 된다.

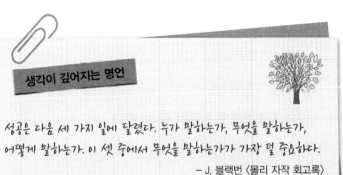

생각이 깊어지는 명언

성공은 다음 세 가지 일에 달렸다. 누가 말하는가, 무엇을 말하는가, 어떻게 말하는가. 이 셋 중에서 무엇을 말하는가가 가장 덜 중요하다.
— J. 블랙번 〈몰리 자작 회고록〉

사람의 마음을 사로잡는 방법

실제로 사람의 마음에 호소하려면 어떻게 하면 좋을까? 나는 여기에서 몇 가지 항목으로 나열해 본다. 너에게 참고가 되었으면 좋겠다.

우아하게 서고, 우아하게 걷고, 우아하게 앉는다

요전에 너를 항상 칭찬해 주시는 하비 부인의 편지를 받았다. 그 편지에는 네가 어떤 장소에서 춤을 추고 있는 것을 보았는데, 아주 우아하고 아름다운 몸놀림이었다고 적혀 있었다. 나는 대단히 기뻤다. 춤을 우아하고 아름답게 추는 너라면 분명 일어서는 것도, 걷는 것도, 앉는 것도 우아하게 할 것이라고 생각했기 때문이다.

일어선다, 걷는다, 앉는다는 각각의 동작은 단순하지만 춤을 잘 추는 것보다 훨씬 중요하다. 나는 댄스는 서투른데 일상생활의 동작이 아름다운 사람을 많이 보았다. 그러나 춤을 잘 추는데 일상생활의 동작이 보기 흉한 사람은 한 사람도 보지 못했다.

우아하게 일어서고 우아하게 걷는 사람은 많은데, 우아하게 앉을 수 있는 사람은 많지 않은 것 같다. 또한 사람 앞에 나가면 위축되어 버리는 사람이 있는가 하면, 부자연스럽게 등을 세우고 딱딱한 자세로 앉는 사람도 있다. 조심성 없는 사람은 의자에 온 체중을 실어 앉는다. 이런 자세는 상당히 친밀한 사이가 아니면 불쾌한 인상을 준다.

모범적으로 앉으려면 우선 마음을 편하게 가지고 온 체중을 의자에 의지하지 말고 편안히 앉아라. 몸을 딱딱하게 하여 부동자세를 취하는 것이 아니라 힘을 빼고 자연스럽게 앉는다. 만약 어렵게 생각되면 될 수 있는 대로 이에 가깝게 앉도록 끊임없이 연습하기 바란다.

극히 사소한 동작의 아름다움이 여성뿐만 아니라 남성의 마음까지도 사로잡는다. 그것은 직장에서도 마찬가지이다. 우아한 동작이 사람의 마음을 얼마나 사로잡는지 명심할 일이다.

예를 들어 한 여성이 부채를 떨어뜨렸다고 하자, 우아한 사나이나 우아하지 않은 사나이나, 그것을 주워 건네주는 데는 다를 바가 없다. 그렇지만 그 결과는 아주 다르다. 우아한 사나이는 주워줌으로써 감사의 답례를 받지만, 우아하지 못한 사나이는 그 동작이 어색하기 때문에 웃음거리가 된다.

우아한 동작을 하는 것은 비단 공공장소에 한한 것이 아니다. 일상의 행동에서도 마찬가지이다. 작은 일을 우습게 여기면 막상 하려고 할 때 하지 못하는 수가 생긴다. 커피 한 잔을 마시는 데도 찻잔을 드는 방법이 좋지 않아 찻잔 속에서 커피가 출렁출렁 춤을 추는 일이 없도록 하라.

생각이 깊어지는 명언

누구에게든 습관은 창 밖으로 내던져 버릴 수 있는 것이 아니라 구슬려 한 번에 한 계단씩 내려오게 해야 하는 것이다.
　　　　　　　　　　　　　　　　　　　　　　　　　－ 마크 트웨인

옷차림으로도 그 사람의 인격이 나타난다

너도 이제 슬슬 네 복장에 대해서 신경을 써야 할 나이이다. 나는 복장을 보고 그 사람의 인품을 혼자 가늠해 보곤 한다.

복장이 조금이라도 뽐내는 느낌이 들면 그 사람의 사고방식도 비뚤어져 있을 것이라고 단정해 버린다. 예를 들면, 영국 젊은이들은 복장으로 다소나마 자기주장을 한다.

거창하게 성장하여 화려한 복장을 한 사람을 보면, 나는 내용이 없음을 감추기 위하여 일부러 위압적인 차림을 하고 있는 것 같아 기분이 언짢다.

한편 옷차림에는 전혀 신경을 쓰지 않은 채, 그가 어느 부류의 사람인지 궁정 사람인지 마부인지 구별할 수 없는 옷을 입고 있는 사람 또한 그 속 알맹이를 의심하지 않을 수 없다.

분별력이 있는 사람은 복장에 개성이 나타나지 않도록 신경을 쓰는 법이다. 혼자만 특별나게 눈에 띄는 옷차림을 하지 않는다. 그 고장의 지식인이나 그 사회의 사람들과 비슷한 수준의 옷차림을 한다. 옷차림이 지나치게 화려하면 가벼워 보이고, 너무 초라하면 의상에 신경을 쓰지 않은 듯하여 실례가 된다.

내 생각으로 젊은이의 옷차림은 조금 화려하다고 느껴질

정도가 좋다. 화려한 옷차림은 나이가 들면서 차츰 수수해지지만, 그렇다고 지나치게 무관심해지면 비참해진다. 이를테면 40세에는 사회에서 밀려나는 사람이 되고, 50세에는 남이 싫어하는 사람이 되어 버린다.

그러므로 주위 사람들이 화려한 옷차림을 하고 있을 때는 자신도 화려하게, 간소한 옷차림을 하고 있을 때는 자신도 간소하게 하면 좋다. 다만 언제나 바느질이 잘 된 옷, 몸에 꼭 맞는 옷을 입도록 한다. 그렇지 않으면 부자연스럽고 어색한 느낌이 든다.

또 일단 의상을 결정하고 옷을 입었으면 그 날은 두 번 다시 의상에 대해서 생각하지 말아야 한다. 콤비네이션이 이상하지 않은가? 빛깔 조화가 나쁘지 않은가 등등을 생각하고 있다면 동작이 분명히 딱딱해진다. 일단 옷을 입으면 괜히 옷에 신경 쓰지 말고 마치 아무것도 몸에 입고 있지 않은 것처럼 자연스럽고 기분 좋게 행동해야 한다.

그리고 머리 모양에도 신경을 쓰도록 한다. 머리 모양은 복장의 일부이다. 또 너는 양말을 흘러내리게 신고 있거나 구두 끈을 매지 않은 채 다니고 있지는 않느냐? 구질구질한 신발만큼 점잖지 못한 인상을 주는 것은 없다.

남에게 좋은 인상을 주려면 특히 청결이 중요하다. 너는 손이나 손톱을 항상 깨끗하게 하고 있느냐? 치아는 식사 후 반드시 닦고 있느냐? 언제까지나 자기 치아로 음식을 씹으려면, 그리고 그 견디기 힘든 치통을 앓지 않으려면 각별한 주의를 기울여야 한다. 게다가, 치아가 나빠지면 고약한 냄새가 나게 되어 주위 사람들에게도 실례가 된다.

너는 아주 좋은 이를 가지고 있는 것 같더구나, 나는 그렇지 못하다. 젊었을 때 주의를 기울이지 않았기 때문에 지금은 엉망이다. 식사를 끝내면 항상 따뜻한 물과 부드러운 칫솔로 4~5분간 닦고, 하루 5~6회 양치질하는 습관을 들이면 좋다. 치열에 대해서는 그곳에 유명한 전문의가 있다고 들었다. 당장 찾아가서 이상적인 치열이 되도록 교정을 받도록 하라.

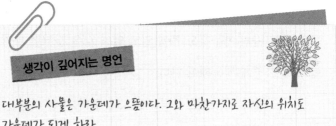

생각이 깊어지는 명언

대부분의 사물은 가운데가 으뜸이다. 그와 마찬가지로 자신의 위치도 가운데가 되게 하라.

― 포킬리데스 〈단편집〉

표정을 밝게 하면 자연스럽게 마음도 밝게 된다

사람의 마음을 붙잡는 요인은 여러 가지가 있지만 그 중에서 가장 효과가 크고, 일단 사람의 마음을 붙잡으면 놓아주지 않는 것이 바로 표정이다. 그런데 너는 이것을 전혀 모르는 것 같다.

보통 사람은 자신의 용모에 불만족스런 점이 있으면 그것을 숨기고 보충하려고 필사적인 노력을 하는 법이다. 그다지 잘 생기지 못한 용모를 갖고 태어난 사람이라면 더욱 그렇다. 조금이라도 좋게 보이기 위해 고상하게 행동하기도 하고 상냥하게 미소를 지어보기도 하는 등 눈물겨울 정도로 노력을 한다.

하느님께서 주신 특유의 용모를 감사하게 생각하지 않고 그것을 모독하고 있는 것은 너뿐이다. 너의 얼굴 모습과 표정은 도대체 어떻게 된 것이냐? 자기 딴으로는 사나이답고, 사려 깊고, 결단력이 풍부한 표정이라고 생각할지도 모르지만 그것은 당치도 않은 착각이다. 크게 인심 써서 봐 주어도 매일 구령만 외치면서 위엄 있게 보이려 애쓰는 하사관 같은 얼굴이다.

내가 알고 있는 어떤 젊은이는 국회의원으로 처음 선출되었을 때, 자기 방에서 거울을 보며 표정과 동작 연습을 하다가 이를 들켜 웃음거리가 된 적이 있다. 그러나 나는 웃을 수가 없었다. 오히려 이 젊은이는 비웃는 사람들보다 훨씬 사리판단이 분명하다고 생각되었다. 그는 공공장소에 나갔을 때 표정과 동작이 얼마나 중요한가를 잘 알고 있었다.

이런 말을 하면 너는 틀림없이 이렇게 말할 것이다. '그렇다면 온순한 얼굴 표정이 되기 위하여, 하루 종일 신경을 쓰라는 말입니까?'라고. 그에 대한 대답이다. 하루 종일 신경 쓰라는 얘기가 아니다. 2주일만이라도 좋으니 좋은 표정을 지을 수 있도록 노력하기 바란다. 그렇게 하면 그 후는 일체 표정에 대해 생각하지 않아도 된다. 2주일이 지나면 하늘로부터 구원받은 얼굴이 되어 있을 것이다.

항상 눈가에는 상냥한 표정이 떠오르도록 하라. 그리고 전체적으로 미소 짓는 듯한 표정이 좋다. 그런 뜻에서 수도사의 표정을 조금 닮아보면 어떨까? 선의가 넘치고, 자애가 가득 차고, 엄숙한 중에도 열의가 담긴 표정, 이런 표정은 사람의 마음을 끌어당기는 매력을 가지고 있다. 물론 표정만이 아니다. 대개의 사람은 마음이 뒤따른다. 때문에 그들의 표정이 사람들의 마음을 사로잡아 호감을 갖게 한다.

아직까지도 표정을 고치는 일이 귀찮다고 생각되는가? 1주일 동안에 30분만 노력하면 되지 않느냐? 너에게 묻겠는데 너는 왜 댄스를 배웠느냐? 그것도 그렇게 능숙하게 출 정도로 긴 시간을 배웠느냐? 그것은 분명 귀찮은 일이었을 텐데 말이다. 적어도 댄스를 배우는 것이 의무는 아니었을 것이다.

너는 이렇게 대답하겠지. "그것은 사람의 마음을 붙잡기 위해서입니다."라고. 정답이다. 그러면 너는 왜 좋은 옷을 입고, 머리를 다듬었느냐? 그것 역시 귀찮은 일이 아니냐? 머리는 그냥 내버려두는 것이 편하고, 옷은 얄팍한 누더기를 걸치는 것이 편하다. 그런데 왜 그런 것에 신경을 쓰느냐?

너는 대답하겠지. "그것은 남에게 좋은 인상을 주기 위한 것입니다."라고. 물론 그것도 정답이다. 그것을 알고 있다면, 다음은 도리에 따라서 행동하면 된다. 댄스나 복장이나 머리 모양보다 더 근본적인 표정을 연구하는 것이다.

표정이 나쁘면 댄스도 옷도 머리 모양도 별 볼일 없다. 게다가 네가 춤추는 기회는 기껏해야 1년에 6~7회 정도지만, 너의 표정은 365일 하루도 빠짐없이 사람들의 눈에 노출된다.

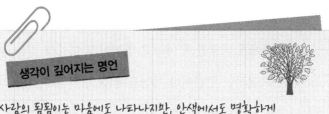

생각이 깊어지는 명언

사랑의 됨됨이는 마음에도 나타나지만, 안색에서도 명확하게 드러난다.

— G. 맥도널드 〈숙고와 소원〉

남에게 호감을 주기 위해 노력하라

　다음에 열거한 것들을 몸에 익힐 수 없다면, 아무리 풍부한 지식을 가지고 있어도, 그리고 아무리 약삭빠르게 굴어도 생각대로 일을 이룰 수는 없다.

　바로 지금이야말로 이 장식을 몸에 익힐 때이다. 지금 익히지 못하면 평생 익히지 못하게 된다. 그러므로 다른 일은 모두 뒤로 미루고 지금은 이 일에만 몰두해야 한다.

　내가 너에게 외모를 꾸미라고 열심히 타이르는 것을 융통성 없는 획일적인 인간이나 세상을 등진 현학적 인간이 안다면 도대체 어떻게 생각할까? 아마도 몹시 경멸하는 얼굴을 하면서 '아버지가 자식에게 주는 교훈이라면 더 좋은 얘기가 있을 텐데⋯⋯.'라고 생각할 것임에 틀림없다.

아마도 그들의 사전에는 '호감을 갖는다.'라든가 '남에게 호감을 주는' 등의 말이 없을 것이다. 그렇지만 현실적으로 이 말이 존재하는 것은 그만큼 사람들이 '호감을 산다.'는 것을 화제로 삼고, 그것에 관심을 가지며, 그것을 바라고 있기 때문이다. 결코 무시하여 웃어넘길 일이 아니다.

예의범절에 무관심하지 마라

평소 걱정하던 바이지만, 젊은이들 가운데 예의가 없고 제멋대로인 경우가 많은 것은 부모들이 예의범절을 가볍게 보거나 그런 일에 무관심하기 때문이다.

그들은 자녀들에게 기초 교육과 대학 교육, 더 나아가 유학까지 가능한 한 많은 교육을 시킨다. 그러나 그들의 자녀가 무엇을 생각하는가는 무관심하다. 그리고 자녀가 어떻게 성장하고 있는가를 관찰하지 않고 혹은 관찰했다 해도 그것을 판단하는 일없이, 속절없이 이렇게 혼잣말을 한다. '괜찮다. 우리 아이는 다른 아이들과 마찬가지로 잘하고 있을 것이다.'라고⋯⋯.

물론 그들은 다른 아이들과 마찬가지로 학교에 다니고 있지만 잘 하고 있는 것은 아니다.

그들은 학교 다닐 때 몸에 익힌 어린아이 같은 천한 장난을 그만두지 않는다. 또한 대학에서 익힌 편협한 태도를 바꾸지 않는다. 더 나아가 유학 중에 몸에 익힌 거만한 태도를 고치지 않는다. 이런 것은 부모가 관심을 갖지 않으면 달리 주의를 줄 사람이 없다. 그러므로 젊은이들은 타인의 눈을 괴롭게 하는 자신의 어리석은 태도를 모르고, 오로지 눈꼴사나운 무례한 행위를 계속하고 있는 것이다.

앞에서도 여러 번 이야기했지만, 자식의 예의범절이나 사람들 대하는 방법에 대해 이러쿵저러쿵 말할 수 있는 것은 아버지뿐이다. 그것은 자식이 어른이 되어도 마찬가지이다. 아무리 친한 친구라도, 자기 자식의 아버지가 될 수 없으며 그렇기 때문에 주의를 주기란 쉬운 일이 아니다. 너는 나와 같은 충실하고 우호적이며 예리한 감시자를 가지고 있음을 행운으로 여겨야 한다. 나의 눈을 피할 수 있는 것은 하나도 없다. 너에게 결점이 있으면 그것을 재빠르게 발견하여 고치게 하려고 한다. 또한 장점이 있으면 너에게 박수를 보내마. 그것이 어버이로서의 임무라고 생각한다.

인간관계와 예의범절이 중요한 이유

인간이란 원래 완벽하지 못하다. 그렇지만 가능한 한 완벽한 모습이 네가 출생한 이래 내가 너에 대해 가지고 있던 소원이며, 이를 실현하기 위하여 한결같은 노력을 거듭해 왔다.

또한 나는 그것을 이루기 위한 수고는 물론 비용을 아끼지 않았다. 교육의 힘은 위대하여 인간이 타고난 자질 이상으로 개조시킬 수 있다고 믿었기 때문이다. 그것은 너도 경험상 알고 있을 것이다.

가장 먼저 내가 한 일은 아직 판단력이 없는 어린 너에게 선을 사랑하는 마음과 존경하는 마음을 심어주는 일이었다. 너는 어렸을 때 그것을 마치 문법을 외우듯이 기계적으로 몸에 익혔다. 그리고 지금은 네 스스로의 판단으로 그것을 실천하고 있다. 하기야 선을 행하는 일이나 사람을 존경하는 일 등은 당연한 일로서 특별한 가르침을 받지 않아도 모두가 행하는 일이다.

샤프츠베리 경은 다음과 같이 말한다.

"나는 남이 보기 때문에 선을 행하는 것이 아니라 자신을 위하여 선을 행한다. 그것은 남이 보기 때문에 청결하게 하는 것이 아니라 자신을 위하여 청결하게 하는 것과 마찬가지이다."

그러므로 너에게 판단력이 생긴 후로, 나는 선을 행하라는 말을 단 한 번도 하지 않았다. 그것은 당연한 일이기 때문이다.

그 다음으로는 너에게 실질적이며 한쪽으로 치우침이 없는 포괄적인 교육을 가르치는 일이었다. 이것도 처음에는 나, 그 다음에는 하트 씨, 그리고 최근에는 네 자신의 힘으로 아주 좋은 성과를 올렸다. 나의 기대에 네가 충분히 부응해 주었다고 생각한다.

그리고 지금 마지막으로 남아 있는 것이 인간관계, 곧 예의범절을 가르치는 일이다. 이것을 알지 못하면 모처럼 몸에 익힌 것이 불완전하게 되어 빛을 잃고, 어떤 면에서는 무의미하게 되어 버릴 수 있다. 그런데 유감스럽게도 너는 이 점이 부

족한 것 같다. 그래서 이 편지는 그 점에 중점을 두어 쓰기로
하였다.

자기 자신을 억제하고 상대에게 맞추어라

우리들의 공통적인 친구인 어떤 분은 예의에 관해서 '서로
자신을 조금 억제하고 상대편에게 맞추려고 하는 분별과 양
식 있는 행위'라고 설명하고 있다. 이에 이의를 제기하는 사람
은 없을 것이다. 다만 분별과 양식 있는 인간이라고 해서 누구
나 다 예의바른 인간이 될 수 있는 것이 아니라는 사실을 기억
해 두어야 한다.

확실히 예의를 어떻게 표현하는가는 사람, 고장, 환경에 따
라서 큰 차이가 있고, 그것은 실제로 자기 자신의 눈으로 보고
귀로 듣지 않으면 모르는 일이다. 그렇지만 예의를 존중하는
마음 그 자체는 어느 시대, 어디를 가나 변함이 없을 것이다.
그러므로 뜻이 있고 없느냐가 예의바른 인간이 되느냐 못 되
느냐의 열쇠가 된다.

예의범절이 특정 사회에 미치는 영향은 도덕이 사회 전반
에 미치는 영향과 비슷하다. 그것은 사회를 하나로 묶고, 안전

성을 높인다는 공통성이 있다. 비슷한 것은 그뿐이 아니다. 일반 사회에도 도덕적 행위를 권장하기 위해서 또는 적어도 부도덕한 행위로부터 몸을 지키기 위해서 법률이라는 것이 제정되어 있다. 그것과 마찬가지로 특정한 사회에도 예의바른 행위를 권장하고 무례를 훈계하기 위한 무언의 규율이 있다.

이렇게 말하면 법률과 무언의 규율을 동일시한다고 놀랄지도 모르지만, 나에게는 그 두 가지가 비슷하게 생각된다. 타인의 소유지에 침입한 부도덕한 사나이는 법에 의해서 처벌받을 것이다. 그와 마찬가지로 타인의 평화로운 사생활에 서슴없이 침입한 무례한 인간도 또한 사회 전체의 무언의 합의에 의하여 추방되는 것이다. 문명사회를 살아가는 인간에게 있어서 상냥하게 행동하고, 상대편에게 주의를 하고, 다소의 희생을 치른다는 것은 누구로부터 강요받는 것이 아니라 자연적으로 몸에 붙는 일종의 무언의 협정 같은 것이다. 그것은 왕과 신하가 비호와 복종이라는 무언의 협정으로 맺어져 있는 것과 조금도 다를 바가 없다. 어느 경우건 그 협정을 어긴 자가 이익을 박탈당하는 것은 그에 따른 당연한 보답이라고 할 수 있다.

내 개인적인 생각으로는 예의를 다하는 것은 선행 다음으로 사람들의 마음을 붙잡는 중요한 요인이 아닌가 여겨진다.

나 자신도 '아테네의 장군 아리스테이데스(청렴으로 유명했던 정치가 Aristeides 520~468 B.C)와 같다'라는 찬사 그 다음으로 기쁜 것은 '예의바른 분'이라는 말을 들었을 때이다. 그만큼 예의는 중요하다.

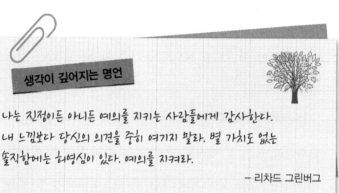

생각이 깊어지는 명언

나는 진정이든 아니든 예의를 지키는 사람들에게 감사한다. 내 느낌보다 당신의 의견을 중히 여기지 말라. 별 가치도 없는 솔직함에는 허영심이 있다. 예의를 지켜라.

— 리차드 그린버그

상황에 알맞은 예절

예의에 관한 전반적인 이야기는 이 정도로 해두고, 다음은 상황에 따른 예절에 대해 이야기를 해 보자.

윗사람을 대할 때는 예의를 갖춰라

명백히 윗사람이라는 것을 알 수 있는 사람, 공적인 지위가 높은 사람에게 예의를 소홀히 하는 사람은 없다.

중요한 것은 그것을 어떻게 나타내느냐이다. 분별력이 있고 인생 경험이 있는 사람은 윗사람을 대할 때 어깨에 힘을 주지 않고 자연스럽게 최대한의 예의를 표현한다.

그러나 훌륭한 사람들과 별로 교제해 본 적이 없는 사람은 내가 보기에 애처로울 정도로 용기를 쥐어짜고 있는 것을 발견할 수 있다.

존경하는 사람을 앞에 두고 꼴사납게 의자에 걸터앉거나, 휘파람을 불거나, 머리를 박박 긁는 등의 무례한 행위를 하는 사람은 없을 것이다. 윗사람 앞에서 주의해야 할 점은 오직 한 가지, 마음을 편안히 한 채 겁먹지 말고 우아하게 예의를 표현하는 일이다. 이와 같은 좋은 본보기를 네 마음속에 항상 담아두고 실제로 그것을 흉내냄으로써 몸에 익혀 두는 길밖에 없다.

잡다한 사람들의 모임에서도 지켜야 할 선이 있다

특별히 윗사람이 없는 잡다한 사람들의 모임에서는 초대받은 사람 모두가 동등한 입장이라고 생각해도 좋다. 이 경우, 특별히 존경하는 마음으로 대하거나 경의를 표해야 할 인물이 원칙적으로는 없는 셈이므로 행동을 자유롭게 하게 되고 긴장해야 할 일도 적어진다. 그러나 어떠한 모임이거나 지켜야 할 선이라는 것이 있다.

이 경우에는 그것을 지키기만 하면 우선 무난하다고 할 수 있다. 하지만 특별히 주의를 기울여야 할 상대가 없는 대신에 누구나 대강의 예의나 배려를 기대하고 있다는 점이다. 그러므로 주의가 산만하거나 무관심한 것은 허용되지 않는다.

예를 들면 누군가가 다가와서 따분한 이야기를 시작했다고 하더라도 너는 우선 정중하게 응대해 주어야만 한다. 이야기를 건성으로 듣거나 해서 상대를 무시하고 있다는 것이 얼굴에 나타나면 아무리 대등하다 하더라도 그것은 실례 정도가 아니라 굉장한 무례가 되는 것이다.

상대가 여성인 경우는 더욱 그렇다. 어떠한 지위에 있는 여성이라도 주목하는 것만으로는 충분치 못하다. 아부에 가까울 정도의 배려가 필요하다. 여성들에게는 그들의 사소한 희망사항, 취미, 변덕뿐만 아니라 건방진 태도에까지 신경을 써야 한다.

가능하면 그녀가 무엇을 바라고 있는가를 추측해서 먼저 이야기를 꺼내는 세심함이 필요하다. 이와 같은 잡다한 사람들의 모임에서 취해야 할 행동을 일일이 열거하려면 한이 없다. 이쯤에서 그만해 두자. 그 뒤는 너의 양식으로 판단하고 무엇이 이로운가를 늘 생각하면서 행동하기 바란다.

신분이나 지위가 낮은 사람을 적으로 만들지 말라

혹시 너는 네 방을 청소해주는 사보이인이나 구두를 닦아주는 고용인보다 네가 태어나면서부터 우수하다고 생각하고 있지는 않느냐. 하늘이 너에게 주신 행운에 감사해야 한다. 그렇지만 불운하게 태어난 사람들을 멸시하거나, 불필요한 말을 해서 그들의 불운을 상기시키는 행동을 해서는 안 된다.

나는 나와 동등한 부류의 사람을 대할 때 이상으로 신분이나 지위가 낮은 사람을 대하는 태도에도 신경을 쓰고 있단다. 내가 그렇게 신경을 쓰는 이유는 그 사람의 노력이나 실력 등과는 아무 관계없이, 단순히 운명에 의해서 결정된 신분이나 지위의 차이를 새삼스럽게 들추어냄으로써 내가 시시한 자존심을 만족시키고 있는 것처럼 오해받고 싶지 않기 때문이다.

그러나 젊은이들은 대부분 거기까지 생각이 미치지 못하는 법이다. 명령적인 태도나 권위를 등에 업은 단정적인 말투를 용기 있는 사람이나 기개 있는 사람의 표현이라고 오해하기 쉽다. 생각이 미치지 않는 것은 단지 주의가 부족하기 때문이다. 자칫하면 신분이 낮다고 업신여긴다는 오해를 받게 되면 끝장이다. 상대방은 화를 내고 적의를 품게 된다.

신분이나 지위가 낮은 사람에게 신경을 쓰지 않고 어디에 주의를 기울이느냐 하면, 일련의 지인이나 한층 뛰어난 사람들 즉 지위가 높은 사람, 유별나게 아름다운 사람, 인격자 등이다. 그리고 그 이외의 사람은 주목할 만한 가치가 없다는 듯이 기본적인 예의조차도 표하려 하지 않는다.

나도 사실은 네 나이 때는 그랬다. 매력적인 몇 사람의 마음을 붙잡는 데에만 필사적이었고, 나머지 사람은 별 볼일 없다고 생각하여 일반적인 예의조차 갖추지 않았었다. 그래서 각료나 지식인이나 뛰어난 미인 등 화려하고 눈에 띄는 인물에게만 한결같이 예의를 다하고, 그 밖의 사람에게는 전혀 예의를 차리지 않아 대부분의 사람 모두를 화나게 만들었다.

이런 어리석은 행동의 결과로 나는 많은 적을 만들고 말았다. 별 볼일 없다고 취급했던 사람들이 내가 가장 좋은 평판을 얻고자 했던 장소에서 결정적으로 나의 평가를 깎아내린 것이다. 나는 오만하다고 오해받았다. 그렇지만 사실은 분별이 모자랐을 뿐이었다.

몇 가지 격언 중에 '인심을 얻은 왕이야말로 가장 태평하고 권력을 오래 유지할 수 있다.'라는 말이 있다. 신하의 충성을 원하거든 신하의 공포심을 사는 것보다는 오히려 인심을 얻으라는 뜻이다. 이와 똑같은 말은 지위가 낮은 우리들에게도 적용할 수 있다. 사람의 마음을 붙잡는 기술을 알고 있으면 무엇보다도 강한 힘을 갖고 있는 셈이다.

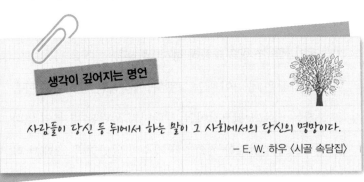

생각이 깊어지는 명언

사람들이 당신 등 뒤에서 하는 말이 그 사회에서의 당신의 명망이다.
— E. W. 하우 〈시골 속담집〉

좋은 원석이라도 그대로 두어서는 쓸모가 없다

다음에 이야기하고 싶은 것은, 그런 데서 실수할 리가 없다고 하는 잘못된 생각에서 뜻하지 않은 실수를 하기 쉬운 예이다. 그렇다. 아주 친한 친구나 지인에 대한 행동에 관해서이다.

친한 친구들과 만나면 편안한 기분이 되어도 좋다. 아니 그렇게 되는 것이 당연하다. 그러한 편안한 관계가 사생활에 즐거움을 주는 것은 확실하다. 그렇다고 해서 보통의 경우라면 절대로 발을 들여놓아서는 안 되는 영역까지 발을 들여놓아도 좋다는 뜻은 아니다. 말하고 싶은 대로 제멋대로 지껄인다면 즐거워야 할 대화도 즉시 짜증나 버린다.

'자유가 지나치면 뜻하지 않게 몸을 망쳐 버리는 경우와 비슷하다.'

막연한 이야기로는 이해가 잘 되지 않을 테니 한 가지 확실한 예를 들어 보자. 너와 내가 한 방안에 있다고 하자. 나는 내가 무엇을 해도 상관없다고 생각하고, 또 너도 너하고 싶은 대로 무엇이든 해도 좋다고 생각하고 있다고 하자. 그럴 때, 너와 나 사이에 아무런 예의가 필요 없다고 내가 생각하고 있을 것 같니? 그렇게 생각하면 오해다.

누구보다 가까운 너라도 어느 정도의 예의를 지켜야 한다고 생각한다. 정도의 차이는 있겠지만 그것은 다른 사람에 대해서도 마찬가지이다. 만일 네가 이야기하고 있는 동안 내가 줄곧 다른 생각을 하고 있거나 크게 하품을 하거나 한다면, 나는 너의 발길이 나로부터 멀어지는 것을 각오해야 한다.

그렇다. 아무리 친한 사이라도 둘 사이를 파괴하고 싶지 않으면, 그리고 오래 지속시키고 싶으면 어느 정도의 예의는 반드시 필요하다. 남편과 아내가 함께 예의가 없이 시간을 보낸다면 어떻게 될까? 그 좋은 사이도 얼마 안 가서 깨어지고 서로를 경시하게 될 것이다.

누구나 나쁜 점을 가지고 있다. 그것을 속속들이 드러내는 것은 예의에 어긋나는 일일뿐만 아니라 무분별한 행동이다. 그렇다고 해서 내가 너를 상대로 거창한 예의범절을 드러낼 생각은 없다. 그런 일을 한다면 이는 매우 부당하다. 너에 대해서는 너에게 맞는 예의를 다하면 된다. 사람에 따라 적절히 예의를 차리는 것이 이치에 맞고, 또 서로가 언제까지나 사이좋게 지낼 수 있는 길이다. 계속적인 인간관계를 유지하려면 그렇게 해야만 한다. 예의에 관해서는 이 정도로 해두자. 그러나 하루의 절반은 예의를 몸에 익히는 데 소비하기 바란다.

다이아몬드도 원석일 때는 아무런 쓸모가 없다. 갈고 닦아져야 비로소 사람들이 몸에 지닐 수 있게 된다. 다이아몬드가 아름다운 것은 원석이 딱딱하고 밀도가 같기 때문이다. 이 원석을 갈고 닦는 마감 작업이 이루어지지 않으면 언제까지나 원석으로 남아 있게 되어, 기껏해야 호기심 많은 수집가의 진열장에 들어갈 뿐이다.

　너도 알맹이는 분명 밀도가 짙고 견고하다. "나는 그렇게 믿고 있다." 네가 다음으로 할 일은 지금까지 했던 것처럼 끊임없이 노력하여 갈고 닦는 일이다. 네가 사용법만 알고 있다면, 주위의 많은 사람들이 너를 멋있는 모양으로 조각하여 가장 아름다운 빛이 나도록 도와줄 것이다.

생각이 깊어지는 명언

모든 사람은 자기 운명의 건축가이다. 그러나 이웃 사랑이 그 건축을 감독한다.

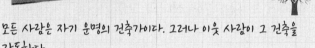

－ G. 에이드 〈수제 우화집〉

제 9 장

아들에게 보내는 인생 최대의 교훈
인간은 야무져야 살아갈 수 있다.

" 자신이 이루지 못한 것을 자식이 이루는 것을 보고 싶은 것은 아버지의 경건한 소망이다. **"**

괴테(독일의 문호 1749~1832)

언행은 부드럽게
의지는 굳게 가져라

언젠가 너에게 다음과 같은 말을 항상 염두에 두고 행동해 주기 바란다고 편지에 쓴 일이 있는데, 기억하고 있느냐? 그것은 '언행은 부드럽게, 의지는 굳게'라는 말이다. 이 말만큼 인생의 모든 경우에 적용되는 말은 없다고 해도 과언이 아니다.

오늘은 이 말에 관해서 나이 든 설교자가 됐다고 하자. 먼저 이 말을 구성하는 두 가지 요소, '언행은 부드럽게'와 '의지는 굳게'에 관해서 설명하고, 그 다음으로 이 두 가지가 하나가 되었을 때 어떠한 효과를 가져 오는가에 대해서, 그리고 마지막으로 그 실천 방법에 대해서 언급하겠다.

사람을 대하는 언행만 부드러울 뿐이고 의지가 굳지 못하면 어떻게 되는가? 붙임성이 좋을 뿐, 비굴하고, 마음이 약하고, 소극적인 인간으로 전락해 버린다.

의지는 굳은데 언행이 부드럽지 못한 사람은 어떨까? 그런 사람은 자칫 용맹스럽고 사나운 저돌적인 인간이 될 수 있다.

사실 양쪽을 다 갖추는 것이 바람직하지만 그런 사람은 찾아보기 힘들다. 의지가 굳은 사람 중에는 혈기왕성한 사람이 많으며, 그들은 언행이 부드러운 것을 연약함이라고 단정하며 무엇이나 힘으로만 밀어붙이려고 한다. 그런 사람은 상대방이 내성적이고 소심할 경우 자기 마음대로 일이 되지만, 그렇지 않을 경우에는 상대방의 분노나 반감을 사서 목적을 달성할 수 없다.

또 부드러운 사람 중에는 교활한 사람이 많다. 모든 것을 대인 관계를 이용해 손에 넣으려고 한다. 팔방미인이랄까? 마치 자기 자신의 의지는 없는 것처럼, 임기응변으로 상황에 따라 교활하게 처신한다. 이런 사람은 설혹 어리석은 자는 속일 수 있어도 그 이외의 사람은 속일 수 없고 곧바로 가면이 벗겨진다.

사람을 대할 때 언행이 부드럽고 의지가 굳은, 이를테면 양면을 겸비할 수 있는 사람은 강압적인 사람도 팔방미인도 아니다. 다만 현명한 사람일 뿐이다.

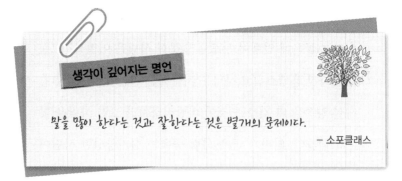

생각이 깊어지는 명언

말을 많이 한다는 것과 잘한다는 것은 별개의 문제이다.

– 소포클래스

강한 의지는 부드러움으로 포장하라

그러면 이 두 가지를 갖고 있으면 어떠한 이점이 있는가?

남에게 명령을 내리는 입장에 있을 경우, 공손한 태도로 명령을 내리면 그 명령은 기쁘게 받아들여지고 기분 좋게 실천으로 이어질 것이다. 그런데 반대로 무턱대고 강압적으로 명령하는 사람이 있다면 그 명령은 적당히 수행되거나 중도에서 내팽개쳐져 버린다. 예를 들면 내가 부하에게 술을 한 잔 가져오라고 위압적으로 명령했다고 하자, 그렇게 명령했을 때, 그 부하가 술을 가져오긴 하겠지만 부하가 내 옷에 술을 엎지르는 행동까지도 각오해야 한다.

그런 일을 당하기에 마땅한 처신을 했기 때문이다. 물론 명

령을 내릴 때는 '복종하기 바란다.'라는 냉정하고도 강력한 의
지를 보여주는 일이 필요하다. 그렇지만 그것을 부드러움으
로 감싸서 명령을 받은 사람이 불필요한 열등감을 느끼지 않
도록, 즉 될 수 있는 대로 기분 좋게 명령에 복종할 수 있도록
배려하는 것도 필요하다. 그것은 네가 윗사람에게 무엇인가를
부탁할 때나 당연한 권리를 요구할 때도 마찬가지다.

공손한 태도로 행하지 않으면, 네 부탁을 거절하고 싶어하
는 사람에게 적당한 구실을 주어 버리는 셈이 된다. 그렇다고
해서 부드러움만으로 일이 성취되지는 않는다. 쉽사리 뒤로
물러서지 않는 끈기와 품위를 잃지 않는 집요함을 보여 주는
일이 중요하다. 사람들, 특히 지위가 높은 사람들은 도리에 맞
는다는 이유만으로 행동을 일으키는 일은 좀처럼 없다.

그들도 보통 때라면 정의를 위해서, 또는 국가의 이익을 위
해서라는 이유를 내세워 거절할 만한 일이라도 원한을 사는
것이 두려워서 고개를 끄덕이는 경우가 많이 있다. 언행을 부
드럽게 해서 그들의 마음을 붙잡아야 한다. 그렇게 하면 적어
도 거절을 당하는 오류는 범하지 않는다. 그리고 동시에 의지
가 강하다는 것을 보여줌으로써, 보통 때 같으면 들어 주지 않
을 만한 일이라도 귀찮으니까, 또는 원한을 사는 것이 두려우

니까 하는 마음을 갖게 해서 반드시 성사되도록 만들면 좋다.

신분이 높은 사람은 주위의 여러 가지 청탁이나 불만의 소리에 익숙해져 있다. 이는 마치 외과 의사들이 환자의 통증 호소에 불감증이 되어 있는 것과 비슷해서 하루 종일 똑같은 하소연을 듣다 보니 어떤 것이 진짜이고 어떤 것이 가짜인가의 구별도 힘들어지게 된다.

그러므로 일상적으로 공평한 입장에서 또는 인도적인 입장에서 호소해서는 좀처럼 들어주지 않는다. 그래서 더 나아가 다른 감정에 호소할 수밖에 없는 것이다. 이를테면 부드러운 말씨와 태도로 상대방의 호의를 산다든지, 끈질기게 호소하여 이제 그만 알았다고 굴복시킨다든지, 품위를 떨어뜨리지 않는 한도 내에서 내 부탁을 들어주지 않으면 원한을 품겠다고 말하듯 냉담한 태도를 취하여 두려움을 갖게 한다든지 하는 식이다.

진정으로 강한 의지는 이러한 것이다. 결코 무턱대고 밀고 나가는 것이 아니다. 부드러운 언행과 강인한 의지를 겸비하는 것이야말로 멸시 대신 사랑을, 미움 대신 존경을 받는 유일한 방법이며, 또한 세상의 지혜 있는 사람들이 한결같이 몸에 익히고자 하는 위엄을 체득하는 방법이기도 하다.

양보한다는 것과 온유하다는 것은 크게 다르다

이제 실천으로 이야기를 옮겨보자.

감정이 폭발하여 사려가 깊지 못한 무례한 말이 무의식중에
입 밖으로 나올 것 같으면 자기 자신을 억제하고 언행을 부드
럽게 해야 한다. 이것은 상대가 나이가 많거나 자기와 대등한
사람이거나 신분이 낮은 사람이거나를 막론하고 언제나 마찬
가지이다. 감정이 분출하려고 하면 진정될 때까지 침묵을 지
키거나 표정의 변화를 간파 당하지 않도록 주의를 기울여라.
표정이 간파된다는 것은 비즈니스에서는 치명적이다.

하지만 그렇다고 해서 한 발자국도 양보할 수 없는 긴박한
대목에서 애교를 부리거나, 상냥하게 굴거나, 비위를 맞추는
등 연약하게 상대에게 아첨하는 짓 따위를 해서는 안 된다. 그
럴 경우에는 공격 일변도로 집요하게 공격만을 반복하는 것이

좋다. 그렇게 하면 손에 넣으려고 노력했던 실체가 어김없이 손에 쥐어지게 마련이다. 온유하고 내성적이며 항상 길을 양보하는 사람은 사악한 인간이나 남의 고통을 이용하려는 인간에게 짓밟히고 바보취급을 받을 뿐이다.

항상 길을 양보하는 대신에 하나의 강력한 뼈대가 있으면 존경을 받게 되고, 대개는 마음먹은 대로 일이 진행된다. 친구나 지인에 대해서도 마찬가지이다. 요지부동 확고한 의지는 그들의 마음을 사로잡을 것이다. 그리고 부드러운 언행은 그들을 적으로 만드는 위험을 방지해 준다. 적에게는 부드러운 태도로 마음을 열도록 만들어야 한다. 동시에 상대에게 자신의 의지가 얼마나 강인한가를 보여주어, 자기에게 분개할 만한 정당한 이유가 있음을 인식시키는 것이 중요하다. 자기가 하고 있는 일은 분별력이 있는 정당한 행위임을 분명히 해 두어야 한다.

생각이 깊어지는 명언

모범적인 행동으로 일관된 생애는 자신에게는 명성을 가져다주고 다른 사람들에게는 행동의 기준을 보여 주는 덕행의 예가 된다.

— G. 채프먼

상대가 마음먹은 대로 끌려가서는 아무것도 안 된다

일에 대한 교섭을 할 때도, 상대방에게 의지의 강인함을 느끼게 하는 것을 잊어서는 안 된다. 부득이하게 타협하지 않으면 안 될 때가 오더라도 그 전까지는 한 발자국도 물러서서는 안 된다. 타협해야만 될 때가 되었다 싶으면 저항하면서 한 발자국씩 물러서야 한다. 그렇게 하면서도 여전히 부드러운 태도로 상대의 마음을 붙잡는 일을 잊어서는 안 된다.

상대의 마음을 붙잡게 되면 이해를 얻게 되기 마련이다. 떳떳하고 솔직하게 이렇게 말해 보면 좋다.

"여러 가지 문제는 있습니다만 그렇다고 해서 귀하에 대한 저의 존경심이 변한 것은 아닙니다. 오히려 그 반대로 이번 일을 통해 귀하의 노력하는 모습을 보고 비범한 능력과 열의에 감복하였습니다. 이렇게 열심히 일을 하시는 분을 개인적으로 가까이 할 수 있다면 얼마나 기쁠까? 라고 생각하고 있습니다."

라고 말이다. 이처럼 '언행은 부드럽게, 의지는 굳게'를 시종일관 밀고 나간다면 대개의 교섭은 성공적으로 이루어질 것이다. 적어도 상대가 마음먹은 대로 쉽게 끌려가지는 않는다.

인간의 현실은 각자 자기의 이미지를 보여주는 거울이다.

— 괴테

북풍과 태양의 이야기에서도 자기 의지의 관철법을 배울 수 있다

내가 '언행은 부드럽게'를 강조하고 있지만, 그것이 온순하기만한 부드러움이 아니라는 것은 이제 너도 이해하고 있을 것이다. 온순하기만 한 부드러운 언행은 소용이 없다. 자기 의견은 분명히 말해야 하며, 다른 사람의 의견이 틀렸다고 생각되었을 때는 틀렸다고 말해야 한다. 내가 문제로 삼고 있는 것은 말하는 방법이다. 즉 말할 때의 태도, 분위기, 용어를 선택하는 방법, 목소리 등을 모두 부드럽고 상냥하게 하라는 것이다.

거기에는 억지로 하는 모습이나 꾸며낸 부드러움이 있어서는 안 된다. 남과 다른 의견을 말할 때도 상냥하고 품위 있는 표정을 지은 채 부드럽게 말하는 방법을 선택하도록 한다.

"제가 어떻게 생각하고 있는가를 물으신다면, 저는 이렇게 대답하겠습니다. 하기야 그렇게 확신을 가지고 있는 것은 아닙니다만……."이라든지, "확실히는 모릅니다만 아마 이런 뜻이 아닐까요."라는 등의 말투를 사용하면 좋다. 부드러운 말투라고 해서 설득력이 없는 것은 아니다.

도리어 북풍과 태양의 이야기처럼 상대의 마음을 붙잡을 수 있다. 그리고 토론은 기분 좋게 끝내야 한다. 자기도 상처를 입지 않았고, 상대의 인격을 손상시킬 생각도 없음을 분명히 보여 주어야 한다. 의견의 대립은 일시적임에도 불구하고, 자칫하면 서로를 멀어지게 만들 수 있다. 태도가 뭐 대수냐고 할지 모르지만 태도도 내용과 똑같이 중요하다.

호의로 행한 것이 적을 만들고, 심술궂은 마음으로 행한 것이 친구를 만들기도 하는 등 태도 여하에 따라서 상대가 받아들이는 기분이 달라진다. 표정, 말하는 방법, 용어의 선택, 발성, 품위 등이 부드러우면 언행은 부드럽게 되고 거기에 강인한 의지가 더해지면 위엄이 붙어 사람들의 마음을 틀림없이 사로잡게 될 것이다.

겸손한 자만이 다스릴 것이요, 애써 일하는 자만이 가질 것이다.

— 에머슨

세상에는 순박하게 살아가는 지혜도 있다

세상에는 다소 전략적이기는 하지만, 순박하게 살아가는 지혜 같은 것이 있다. 그것을 깨닫고 재빨리 실천한 자가 많은 사람의 마음을 붙잡아 가장 먼저 출세한다고 말할 수 있지 않을까?

젊은이들은 자칫 이런 것을 몹시 혐오할 수 있지만 내가 지금부터 너에게 이야기하려는 것은 먼 훗날에 분명히 네가 '알아두었더라면 좋았을걸' 하고 생각하게 될 지혜이다.

살아가는 지혜의 근본은 뭐니뭐니해도 감정을 겉으로 내놓지 말 것, 말이나 동작이나 표정으로 인해 마음이 동요하고 있음을 타인에게 간파당하지 않도록 하는 일이다.

간파당하면 아무 소용이 없다. 너는 조종이 능숙하고 냉정한 상대편에게 이용당할 수 있다. 이것은 직장 생활에 한정된 문제가 아니다.

일상생활에서도 어느 틈엔가 상대에게 조종당할 가능성이 얼마든지 있다. 싫은 소리를 들으면 노골적으로 화를 내거나 표정이 변하는 사람, 반가운 소리를 들으면 뛸 듯이 기뻐하거나 환호성을 지르는 사람, 이런 사람은 교활한 인간이나 자만심 넘치는 사람의 희생양이 되기 쉽다. 교활한 사람은 고의적으로 상대방에게 화가 나는 말이나 기대하는 말을 던져 상대의 반응을 살펴본다.

그래서 마음이 평온하다 싶으면 결코 알려지지 않은 비밀을 캐내려고 한다. 자만심 넘치는 자도 마찬가지다. 다른 점이 있다면 자기도 교활한 인간과 똑같은 짓을 하지만, 자기의 이익으로는 삼지 못하고 주위 사람들의 이익에 도움을 준다는 점이다.

생각이 깊어지는 명언

세상을 살면서 세 가지 금언을 익혔다. 남을 해치는 소리는 결코 하지 말라. 불평하지 말라. 설명하지 말라.

— R. F. 스콧트

자기 자신의 성격을 변명하지 말라

냉정한가 그렇지 않은가는 하나의 성격이며, 의지의 힘으로는 어찌할 수 없는 게 아니냐고 너는 반문할지도 모른다. 확실히 그것은 그 사람의 성격에 의해 좌우되는 수가 많다. 그렇지만 우리들은 무엇이든지 성격의 탓으로 돌려 변명하는 경우가 많다. 마음먹고 노력을 한다면 조금은 개선할 수 있는 부분이 있다고 생각한다.

보통 사람은 이성보다 성격을 우선으로 취급하는 경향이 있다. 그러나 이것은 노력하면 그 반대의 일, 곧 이성으로 성격을 억제하는 습관을 몸에 익힐 수 있다. 만일 갑자기 감정이 폭발하여 억제할 수 없으면 감정이 진정될 때까지 우선 입을 다물고 있는 것이 좋다. 얼굴 표정도 될 수 있는 대로 그대로 평정한 상태로 꾸며보는 것이 바람직하다. 명심하고 있으면 틀림없이 가능하게 된다. 똑똑한 말이나 재치 있는 말, 너는 이와 같은 멋진 말 등을 하고 싶겠지만 이런 말들은 찬사를 받을지 몰라도 호의적으로 받아들여지지는 않는다. 도리어 적을 만들 수 있으니 주의하기 바란다. 반대로 만일 누군가로부터 너를 빈정대는 말을 듣거든, 가장 좋은 방법은 못 들은 척하는 것이다. 직접 들었기 때문에 그렇게 할 수 없다면 그들과 덩달아 웃으면서 상대가 말한 내용을 인정하여, 재치 있는 비법이라고 말한다. 그렇게 함으로써 부드럽게 그 자리를 지나쳐 버린다. 무슨 일이 있어도 즉각적으로 똑같이 반격해서는 안 된다. 그런 짓을 하면, 자기가 상처 입었음을 공표하는 것과 같아서 모처럼의 수고도 물거품이 되어 버린다.

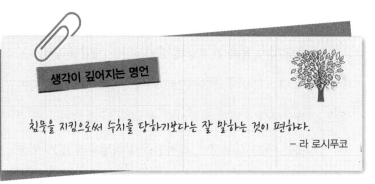

생각이 깊어지는 명언

침묵을 지킴으로써 수치를 당하기보다는 잘 말하는 것이 편하다.

— 라 로시푸코

상대방에게 속마음을 간파당하지 말라

무슨 일을 교섭함에 있어서 혈기 왕성한 인물을 상대할 때만큼 좋은 결과를 얻는 경우는 없다. 상대편은 혈기가 왕성하기 때문에 사소한 일에도 마음이 교란되어, 터무니없는 말을 입 밖에 내거나 표정으로 나타낸다. 그런 사람을 상대할 때는 여러 가지로 추측하여 표정을 관찰하면 좋다. 그러면 반드시 그 진의를 알 수 있다. 비즈니스에서는 상대의 속마음을 읽을 수 있느냐 없느냐가 성공의 열쇠이다.

자기의 감정이나 표정을 숨길 수 없는 사람은 그럴 수 있는 사람의 손에서 놀아나기 쉽다. 다른 모든 조건이 대등할 때에도 그러하므로, 상대가 이미 수준급인 경우에는 더욱 불리하다. 그러면 너는 "시치미를 떼라는 말씀입니까?"라고 말할 것이다. 그렇지만 그렇게 행동하는 것이 잘못은 아니다.

옛말에도 '속마음을 간파당해서는 사람을 제압할 수 없다.'는 것이 있다. 나는 더 극단적으로 이렇게 말하고 싶다. '속마음을 간파당해서는 일을 성취시킬 수 없다.'라고 말이다. 똑같이 시치미를 떼는 것이지만, 속마음을 간파당하지 않기 위해 시치미를 떼는 것과, 상대편을 속이기 위하여 시치미를 떼는 것과는 크게 다르다. 너도 알겠지만 나쁜 것은 후자의 경우이다. 사람을 속이기 위해서 감정을 숨기는 것은 도덕에 어긋날 뿐만 아니라 비열한 행위라고 말할 수 있다.

베이컨(Bacon 영국의 철학자, 정치가 1561~1626)은 이렇게 말했다.

"상대방을 속이는 것은 진정한 지적 인간이 할 일이 아니다. 속마음을 간파당하지 않기 위하여 감정을 감추는 것은 트럼프의 카드를 보이지 않는 것과 같지만, 상대방을 속이기 위하여 그렇게 하는 것은 상대방의 카드를 훔쳐보는 것과 다름없다."

정치가인 볼링브로크(Bolingbroke 영국의 문필가 1678~1751)도 그의 저서에서 다음과 같이 말하고 있다.

"남을 속이기 위하여 감정을 감추는 것은 마치 단검을 휘두르는 것과 같아서 바람직하지 않은 행위일 뿐만 아니라 불법 행위다. 단검을 사용하면, 그것에는 어떠한 이유도 변명도 통용되지 않는다."

한편 속마음을 간파당하지 않기 위해 감정을 감추는 것은 방패를 드는 것과 마찬가지이며, 기밀을 보전하는 것은 갑옷을 입는 것과 같다. 일을 함에 있어서 어느 정도 감정을 감추지 않으면 기밀을 보전할 수 없고, 기밀을 보전할 수 없으면 일이 잘 성사되지 않는다. 이는 귀금속에 합금을 섞어서 주화를 주조하는 기술과 흡사하다. 합금을 너무 지나치게 많이 섞으면 주화는 가치를 잃고, 주조자의 신용도 떨어진다.

마음속에 감정의 폭풍이 아무리 거칠게 불어도 그것이 얼굴이나 언행에 나타나지 않도록, 완전히 자신의 감정을 감출 수 있도록 노력하라. 힘든 일이지만 불가능한 일은 아니다. 지성인은 불가능에는 도전하지 않지만, 아무리 곤란한 일이라도 추구할 가치가 있는 일이라면 두 배의 노력을 하더라도 반드시 이루어내는 법이다. 너도 분발해 주기 바란다.

모르는 듯 들어주는 것도
정보를 얻는 방법이다

　모르는 체한다는 것은 때로는 크게 도움이 되는 지혜가 아

닐까? 예를 들면 누군가가 무슨 이야기를 하려고 할 때 그 사

람이 묻는다. "이런 이야기 아십니까?" 너는 대답한다. "아뇨."

하고 설령 알고 있더라도 모르는 체하여 상대편이 계속 이야

기하도록 유도한다. 이야기하는 것에 기쁨을 느끼는 사람이

있다. 지적인 발견을 이야기하고, 그것으로 자존심을 만족시

키는 사람도 있다.

　이런 중요한 이야기를 들려줄 만큼 자기는 신뢰를 받고

있다는 것을 표시하고 싶어서 말을 하는 사람도 많이 있다.

"이런 이야기 아십니까?"라고 물었을 때, 네가 "예."하고 대

답해 버리면 상대방은 분명 실망해 버릴 것이다. 그리고 결국은 너를 눈치가 없는 사람이라고 하며 상대하기 싫어할지도 모른다.

개인적인 중상이나 추문은 귀에 못이 박힐 정도로 들었더라도, 마음을 터놓을 수 있는 친구가 아니라면 들은 적이 없는 척하는 것이 좋다. 그러므로 그런 것이 화제에 오르면 실은 다 알고 있는 이야기라 할지라도 항상 처음 듣는 듯이 보이고 공통적인 의견에 따라가는 편이 좋다.

이처럼 언제나 아무것도 모른다는 듯이 남의 이야기를 잘 들어주면 우연하게 정말로 몰랐던 정보를 완벽하게 터득하게 되는 일도 생길 것이다. 그리고 실은 이것은 정보를 수집하는 최고의 방법이기도 하다.

생각이 깊어지는 명언

다른 사람에게 자기의 이야기를 하지 말라. 그 대신에 그들로 하여금 그들 자신에 관해 이야기하게 하라. 거기에 기쁘하게 하는 모든 기술이 있다.

－ 콩쿠르 형제

무적의 아킬레우스도 전장에 나갈 때는 완전무장을 했다

내개의 인간은 아무리 하찮은 소재라도 말하려 하고, 단 한 순간만이라도 우위에 서서 허영심을 만족시키고자 원하는 법이다. 그래서 말해서는 안 되는 일이라도, 상대편이 모르는 것을 자기가 가르칠 수 있음을 과시하고 싶어서 그만 자기도 모르게 입을 열고 지껄인다. 그럴 때, 모르는 척 가장하고 시치미를 떼면 정보를 얻을 수 있는 일 이외에도 득을 보는 일이 있다.

상대방은 너를 정보를 입수하는 일에 무관심하다고 간주하여 그 결과 음모나 나쁜 계략과는 아무 관련이 없는 인물이라고 믿어 버린다. 그렇다고 하더라도 정보는 수집해야 한다. 어설프게 들은 정보는 자세히 조사하지 않으면 안 된다. 정보를 수집할 때는 현명한 방법을 취해야 한다. 항상 귀를 곤두세우거나 직접 질문하는 것은 현명한 방법이 아니다.

그런 짓을 하면 상대편은 경계 자세를 취하고 똑같은 이야기를 몇 번이고 되풀이하게 되어 시시한 정보밖에 얻을 수 없게 된다. 모르는 척 시치미를 떼는 것과는 반대로, 당연히 모든 것을 알고 있는 척하는 것도 때로는 효과가 있다. "그래, 바로 그렇다."라며 친절하게 모든 것을 이야기해 주는 사람이 있는가 하면, "이런 이야기를 들었는지 모르지만 사실은……." 하고 말해 주는 사람도 있다. 또는 "모르는 것은 그 밖에 없느냐?" 하고 이것저것 캐물으면서 정보를 제공해 주는 사람도 있다.

이러한 생활의 지혜를 능수능란하게 활용하기 위해서는 항상 자신이나 자신의 주변에 주의를 기울이고 냉정하지 않으면 안 된다. 무적이었던 아킬레우스도 싸움터로 나갈 때는 완전무장을 하였다. 사회는 너에게는 싸움터와 다름없다. 항상 완전무장을 하고, 또한 취약한 곳에는 갑옷을 한 벌 더 겹쳐 입을 마음의 준비가 되어야 한다. 조그만 부주의, 사소한 방심이 목숨을 빼앗는다.

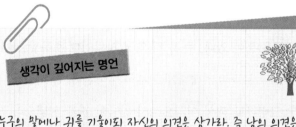

생각이 깊어지는 명언

누구의 말에나 귀를 기울이되 자신의 의견은 삼가라. 즉 남의 의견은 들어주되 시비의 판단은 삼가라는 말이다.

– 셰익스피어

사회에서는 친숙한 교제도 능력이다

이 편지는 몽펠리에 머무르고 있는 너에게 배달될 것이라고 생각한다. 하트 씨의 병도 완쾌되어 크리스마스 전에는 파리에 도착하기를 기도하고 있다. 파리에는 꼭 너에게 소개하고 싶은 분이 있다. 두 분 다 영국 사람인데 주목할 만한 분들이다. 그 분들과 친숙하게 교제하기 바란다. 한 사람은 여성이다. 그렇다고 해서 이성으로서 친숙한 관계를 맺으라고 말하는 것은 아니다.

물론 그 문제는 내가 관여할 바가 아니다. 게다가 유감스럽게도 그 여성은 50세가 이미 넘었다. 전에 너에게 디종에 가서 만나보고 오라고 말했던 하비 부인이다. 다행히도 파리에서 이번 겨울을 보내신다고 한다. 이 부인은 궁정에서 태어나 궁정에서 자랐으며, 궁정의 시시한 부분을 제외한 좋은 부분, 예의 바름, 품위, 친절함과 같은 것을 다 갖추고 계신 분이다. 식견도 높고 여성으로서 읽어야 할 책은 모두 읽었을 뿐만 아니라, 그 이상의 독서량을 갖고 계신 분이다.

하비 부인은 라틴어도 자유자재로 구사하신다. 그러나 남의 눈에 드러나지 않도록 겸손하다. 그녀는 너를 자기 자식처럼 대해줄 것이다. 너도 그 부인을 무엇이든 의지하고 상의하고 부탁드리기 바란다. 그 부인처럼 모든 것을 적절히 갖추고 있는 여성을 찾기는 힘들다. 너의 언행이나 예법 등에 대해 부족한 점이나 불합리한 점이 있으면 그 때마다 지적해 주시도록 부탁했다. 온 유럽을 통틀어서 그 부인만큼 그 역할을 확실하게 소화해 낼 수 있는 분은 없다고 생각한다.

너에게 소개하고 싶은 또 한 분은, 너도 이미 알고 있는 헌팅던(Hantingdon 1696~1764) 백작이다. 내가 너 다음으로 애정을 쏟고 높이 평가하고 있는 인물인데, 나를 양자 관계처럼 따르며, 또 사실 기쁘게도 나를 아버지라 불러 주고 있다.

그는 우수한 자질과 폭넓은 지식을 갖추고 있으며 만일 그것에 성격을 합하여 종합 평가를 한다면, 이 나라에서 제일가는 훌륭한 청년이라고 생각한다. 이러한 인물과 친해지면 언젠가는 반드시 좋은 일이 있을 것이다. 게다가 그도 나의 심정을 헤아리고 너와 친숙하게 지낼 생각을 갖고 있다. 너를 위해서도 두 사람이 관계를 긴밀히 하고, 그 이용가치를 높여 주기를 원하고 있으며, 또 그렇게 하리라 믿고 있다.

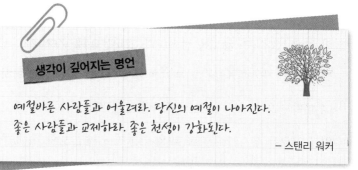

생각이 깊어지는 명언

예절바른 사람들과 어울려라. 당신의 예절이 나아진다.
좋은 사람들과 교제하라. 좋은 천성이 강화된다.

― 스탠리 워커

친분 관계의 차이는 두 가지가 있다

우리들의 사회에서는 연고 관계가 필요하다. 신중하게 관계를 구축하고 그것을 잘 유지할 수 있으면 그러한 친분 관계를 가진 자의 성공은 틀림없다. 친분 관계에는 두 가지가 있다. 너는 그 차이를 항상 염두에 두고 행동하기 바란다.

첫째는 대등한 연고 관계로, 소질도 역량도 거의 비슷한 두 사람이 구축하는 우호적인 관계로서 비교적 자유로운 교류와 정보 교환이 이루어진다. 이것은 서로의 능력을 인정하고, 상대편이 자기를 위해서 힘써 준다는 확신이 없으면 성립되기 어렵다. 그 밑바탕에 흐르고 있는 것은 상대편에 대한 존경심이다. 거기에는 가끔 서로의 이해관계가 대립되는 일이 있더라도 결코 파괴되지 않는 상호 의존 관계가 있어서, 조금씩 서로 양보하여 최종적으로 합의가 이루어져 동일한 행동을 취하게 된다. 내가 헌팅턴 백작과 너에게 바라고 있는 것은 바로 이러한 관계다. 두 사람 모두 거의 같은 시기에 사회에 진출한다.

이 때 너에게 백작과 대등한 능력과 집중력이 있다면, 너희들은 다른 젊은이들과도 손을 잡고 모든 행정 기관이 무시할 수 없는 집단을 조직할 수 있을 것이며, 또 그렇게 함으로써 보다 높은 곳으로 걸어 올라갈 수 있게 된다. 또 하나는 대등하지 않은 연고 관계이다. 한쪽에는 지위나 재산이 있고, 또 한쪽에는 소질과 능력이 있는 경우가 그것이다. 이 관계에서 은혜를 받을 수 있는 것은 한쪽뿐이고, 그 은혜도 표면에 나타나지 않도록 교묘하게 덮여져 있는 경우가 많다. 은혜를 받는 쪽은 상대편의 비위를 맞추기 위해 노력하고 행동을 한다. 그리고 상대편의 우월감을 꾹 참고 지켜본다.

은혜를 베푸는 쪽은 핵심을 조종당하여 머리가 말을 듣지 않는 상태로 자기는 상대편을 잘 조정하고 있는 줄 알지만 자기 혼자만 그렇게 생각하고 있을 뿐, 사실은 상대편이 마음먹은 대로 춤추고 있다. 이런 사람을 교묘하게 조종한다면 조종하는 쪽이 커다란 이익을 얻는 경우가 많다. 이러한 비슷한 예는 셀 수 없이 많다. 한 쪽에만 이익을 가져다주는 관계는 일반화되는 추세이니 관심을 갖기 바란다.

생각이 깊어지는 명언

인간은 서로 협조함으로써 자기들이 필요로 하는 것을 훨씬 더 쉽게 마련할 수 있으며, 단결된 힘에 의해 사방에서 그를 포위하고 있는 위험을 훨씬 더 쉽게 모면할 수 있다는 것을 깨닫게 될 것이다.

— 스피노자

경쟁 상대를 이기는 방법을
연구하라

　자기가 싫어하는 사람을 사려 깊은 태도로 대하기 위해서
는 어떻게 하면 좋은가를 알아두는 것은 무엇보다도 중요하
다. 그런데 그것을 알고 있어도, 막상 실천하려고 하면 여간해
서 잘 되지 않는 것이 젊은이들이다.

　그들은 보잘것없는 일에도 흥분하여 앞뒤를 가리지 못하는
경우가 있다. 직장 생활이나 연애에 있어서도 그렇지만, 자기
생각에 상반되는 말을 들으면, 당장에 상대를 싫어하곤 한다.
젊은이들에게는 라이벌이 적과 다름없다. 그래서 라이벌이 눈
앞에 나타나면 잘 행동해야지 하고 생각을 하고 있다가도 어
쩌다 어색하고 냉담한 태도나 무례한 태도를 취하면 사람에

따라서는 어떻게 해서든지 상대편을 때려눕힐 방법은 없을까 하고 궁리하기도 한다.

그래서는 안 된다. 상대에게도 선호하는 직장이나 여성을 선택할 권리가 있다. 그런 것을 하는 것은 통찰력이 부족하다는 증거이다. 라이벌에게 냉담하게 대한다고 해서 자기 소원이 성취되는 것은 아니다. 그렇게 되기는커녕 라이벌끼리 으르렁대고 싸우고 있는 틈에 제 3자가 들어와서 알맹이를 빼앗아 가는 일이 벌어질 수 있다. 물론 사태는 그리 단순하지 않다.

어느 쪽도 그리 간단하게 방향을 전환할 수 있는 것이 아니고, 일이든 연애든 간섭받기를 원치 않는 미묘한 문제임에는 틀림없다. 근본적인 원인은 제거할 수 없다 하더라도 결과가 어떻게 될 것인가 정도는 짐작할 수 있다. 가령 두 사람의 연적이 서로 노려보고 있다고 하자, 두 사람이 서로 불쾌한 얼굴을 하고 외면하거나 욕지거리를 하고 있으면, 그 자리에 있던 사람들은 틀림없이 불쾌한 마음이 될 것이다. 그리고 그들이 사랑하는 여성도 불쾌한 생각을 갖게 될 것이다.

그렇지만 어느 쪽이든 둘 중의 한쪽이 진심은 어떻든 간에 표면적으로는 연적에게 상냥하고 자연스럽게 대한다면 어떻게 될까? 다른 한쪽의 인물이 상대적으로 초라하게 보여, 사랑하는 여성은 상냥한 남성 쪽에 호의를 갖게 될 것이다.

한편, 언짢은 듯이 대하는 남성은 상냥한 태도를 자신감의 표현이라고 해석하여, 그 여성을 책망할 것임에 틀림없다. 그러면 그 여성도 이성 없는 남자의 태도에 화를 내어, 두 사람 사이는 더욱 험악하게 될 것이다.

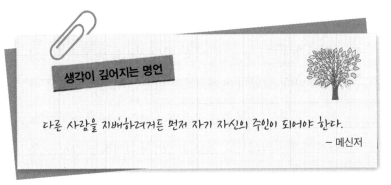

생각이 깊어지는 명언

다른 사람을 지배하려거든 먼저 자기 자신의 주인이 되어야 한다.

― 메신저

좋은 경쟁은 일을 성공시키는 결정적인 요소가 된다

일에 있어서 경쟁도 마찬가지이다. 자신의 감정을 누르고 표면적으로 냉정해질 수 있는 사람은 라이벌에게 이길 수 있다.

프랑스 사람들은 '은근한 태도'라는 말을 즐겨 사용하는데 이 말은 연적에게 혐오감을 노골적으로 나타내는, 마음이 좁은 인간에게는 각별히 상냥한 태도로 대하라는 뜻이다.

이것은 내가 네덜란드의 헤이그에 가서, 오스트리아 계승

전쟁에 대한 전면 참전을 요청하고 구체적인 군대의 수를 결정하는 등의 교섭을 성립시키고 돌아왔을 때의 이야기다.

헤이그에는 너도 잘 알고 있는 대수도원장이 있었는데, 그는 프랑스 편에 서서 어떻게 해서든지 네덜란드의 참전을 저지하려하고 있었다. 나는 이 대수도원장의 두뇌가 명석하고 마음이 따뜻하며 부지런한 인물이라는 말을 듣고서, 서로 오랜 숙적이기에 친교를 깊게 할 수 없는 처지를 몹시 유감스럽게 생각하였다. 그렇지만 제3자가 마련한 어떤 자리에서 어떤 인물을 통해서 그를 처음 소개받고 나는 이렇게 말하였다.

"나라끼리는 적대하고 있습니다만, 우리끼리는 그것을 초월하여 서로 가까이 지낼 수 있다고 생각하고 있습니다." 그랬더니 대수도원장도 "저도 그렇게 생각합니다."라고 정중한 태도로 대답해 주었다.

그로부터 이틀 후에 내가 아침 일찍 암스테르담 의회에 나가 보니, 그곳에는 이미 대수도원장이 나와 있었다. 나는 대수도원장과 초면이 아니라는 사실을 대의원들에게 이야기하고서 부드러운 미소를 지으며 이렇게 말하였다.

"나의 오랜 숙적이 여기에 있는 것을 보고 대단히 유감스럽게 생각하고 있습니다. 이렇게 말씀드리는 것은, 이 분의 능력

은 이미 나에게 공포심을 품게 했기 때문입니다. 이래 가지고
는 공평한 싸움이 되지 않습니다. 부디 이 분의 힘에 굴복하지
말고 이 나라의 이익만을 생각하도록 부탁드립니다."

나는 이 날 이 말을 모두 하지는 못했다 해도, 마지막의 한
마디만은 무슨 일이 있어도 했었다고 기억된다.나의 말을 듣
고 그 자리에 있던 사람 모두가 미소를 지었다. 대수도원장도
나로부터 정중한 찬사를 받은 것이 그리 싫지 않은 모양이었
고, 15분쯤 지나자 나를 남기고 자리를 떠났다.

나는 설득을 계속하였다. 전과 다름없는 태도도 그렇지만
전보다 더 진지하게 말을 이어 나갔다.

"내가 여기에 온 이유는 네덜란드의 국가 이익을 위해서입
니다. 오직 그것뿐입니다. 나의 친구는 여러분의 눈을 현혹시
키기 위하여 허식이 필요했습니다. 그러나 나는 일체 그런 것
을 벗어던지고 말씀드리고자 합니다."

나는 목적을 달성하였다. 그리고 그 후 대수도원장과도 여
전히 같은 상태로 교제하고 있다.

제3자가 마련한 장소에서 만났을 때도 물론이지만, 지금도
변함없이 뽐내지 않는 정중한 태도로 대하면서 그의 근황 등
을 묻고 있다.

마음은 부드러워야 하고 의지는 굽혀지지 않아야 한다.

— 롱펠로우

처신에 신중을 기하라

어엿한 한 사람의 훌륭한 인간이 라이벌에 대해서 취하는 태도에는 두 가지가 있다. 하나부터 열까지 상냥하게 대하든지, 아니면 상대를 때려눕혀 버리든지 이 두 가지 중 하나를 취한다.

만일 상대가 갖가지 술수로 너를 모욕하거나 경멸한다면 너는 망설일 것 없이 때려눕혀도 좋다. 그렇지만 단지 약간의 마음의 상처를 입은 정도라면 표면상 예의 바르게 행동해야 한다. 그러는 것이 보이지 않는 복수가 되고, 자신을 위한 일이기도 하다.

이것은 상대편을 속이는 게 아니다. 그 사람의 가치를 인정하고 친하고 싶다면 비겁한 것이지만, 그런 사람하고는 친구가 되지 않는 것이 좋다.

공적인 자리에서 드러나게 실례되는 행동을 취하는 사람에게 정중하게 그의 무례를 이야기한다고 해서 책망 받을 사람은 없다. 보통의 경우 그 자리를 원만하게 수습하고, 주위에 있는 사람들에게 불쾌감을 주지 않도록 노력하고 있을 뿐이라고 사람들은 생각할 것이다. 세상에는 개인적인 취미나 질투 때문에 자신의 생활을 교란시켜서는 안 된다는 무언의 약속이 있기 때문이다.

그것을 무시한 채 침해하는 자는 세상 사람들의 웃음거리가 될 뿐 결코 동정을 받지 못한다.

사회는 심술궂음, 증오, 원한, 질투 등이 소용돌이치는 곳이다. 노력하는 사람보다는 적지만, 열매만을 따가는 교활한 인간도 있다. 또 흥망성쇠도 심하다. 오늘 흥했는가 싶으면 어느새 내일 망해 버린다.

이런 속에서 생활하려면 예의나 부드러운 언행 등의 실질과는 별로 상관없는 장비를 몸에 지니고 있어야 한다. 아군이 언제 적이 될지 모르며, 적이 언제 같은 편이 될지 모르기 때문이다. 바로 그렇기 때문에 마음속으로 미워하면서 겉으로는 상냥하게 대하는 태도, 그리고 매사에 신중을 기하는 태도가 필요하다.

사랑하는 아들에게 주는
한가지 충고

이미 너는 사회인으로서의 첫발을 내딛었다. 언젠가는 네가 대성하기를 나는 간절히 바라고 있다. 이 세상에는 실천이 무엇보다 중요한 공부이다. 그러나 그와 동시에 매사에 일을 함에 있어서 배려와 집중력이 필요하다.

편지 쓰는 일을 예로 들어, 너에 대한 도움말을 주고 싶다. 이것에는 사회인이 상식적으로 몸에 지녀야 할 요소가 잘 집약되어 있다고 생각되기 때문이다

첫째 비즈니스에 관한 편지를 쓸 때는 명석해야 한다는 점이 중요하다. 세상에서 가장 머리가 우둔한 사람이 읽더라도 이해하기 쉽도록 뜻을 정확하게 적어 처음부터 다시 읽는 일

이 없을 정도로 각별히 신경을 쓰도록 한다. 그러기 위해서는 정확성이 무엇보다 요구된다. 나아가 품위가 첨가된다면 더할 나위 없다.

비즈니스 편지에는 일반적인 편지에 쓰듯이 상대방이 좋아하는-물론 정확하게 사용될 경우의 이야기지만 은유나 비유, 대조 경구 등을 피해야 한다. 이런 표현은 어울리지 않는 느낌이 들어 주의해야 한다. 차라리 산뜻하고 품위 있게 정리되어 있는 훈장, 구석구석까지 빈틈없는 배려를 느낄 수 있는 내용이 바람직하다. 복장에 비유해서 말하자면 정장은 비교적 좋은 느낌을 주지만, 지나치게 치장하거나 깨끗하지 못한 것은 도리어 좋은 느낌을 주지 않는다.

또 문장을 쓰면, 단락마다 제3자의 눈으로 다시 읽어 보아 곡해될 대목은 없는지 검토해야 한다.

대명사나 지시 대명사에는 반드시 주의해야 한다. '그것' '이것' '본인' 등을 많이 사용하여 오해를 초래할 소지가 있다면 다소 길어지더라도 명백히 'XX씨' 'OO의 건' 이라고 명시하는 게 낫다.

비즈니스 편지라고 해서 정중함이나 예의를 무시해도 좋다는 법은 없다. 도리어 '귀하를 알게 되어 명예롭게 생각하며'

라든지 '소인의 의견을 말씀드리자면'처럼 경의를 표하는 것이 반드시 필요하다.

해외에 있는 외교관은 국내에 편지를 보낼 때는 대개 윗사람인 각료나 지원자 '또는 지원자가 되어 주기를 바라는 사람'에게 편지를 쓰는 일이 많으므로 특히 이 점에 주의하지 않으면 안 된다.

편지지를 접는 법, 봉함을 하는 방법, 수신자의 주소와 성명 쓰는 법, 그런 것에도 그 사람의 인격이 나타나는 법이다. 좋은 인상을 주는 편지, 나쁜 인상을 주는 편지는 이렇듯 아주 작은 부분에서 시작된다. 너는 그렇게 생각하고 있지 않은 것 같지만, 세세한 점에까지 세심하게 신경 쓰기를 잊지 말아야 한다.

비즈니스 편지에 반드시 필요한 사항은 아니지만, 그래도 없는 것보다는 있는 편이 나은 것이 바로 품격이다. 화사하지 않고 달필이어야 한다는 것은 그런 뜻에서 중요한 요소이다. 이것은 비즈니스 편지의 마무리라고 말할 수 있는 것이므로, 아직 토대가 완성되어 있지 않은 너에게 이런 어려운 부분까지 요구하는 것은 삼가기로 하겠다. 그런 것은 네가 더 성장한 후에 점검해 보도록 하자.

문자나 문체를 지나치게 장식하면 도리어 역효과가 난다.

간소하면서도 고상하게, 그리고 위엄을 느끼게 하는 문체가 가장 좋다. 그러한 편지를 쓰도록 유의해야 한다.

문장의 길이는 너무 길어도 안 되고 너무 짧아도 안 된다. 의미가 분명하게 전달되는 길이가 적당하다. 너는 곧잘 철자법을 틀리는데 그것도 비웃음을 살 수 있다. 조심하도록 하라. 또한 네 글씨가 왜 그렇게 지저분한지 나는 이해할 수 없다. 보통의 사람들 즉 눈과 손을 쓸 수 있는 사람은 아름다운 글씨를 쓸 수 있다고 생각하는데 말이다. 나는 네가 글씨를 좀더 잘 쓰게 되기를 바란다.

작은 일에 걱정하는 소심한 자가 되지 말라

나는 네가 글씨를 쓸 때 글씨본에 나온 것처럼 한 자 한 자 신중하게 긴장해서 글씨를 쓰라는 것이 아니다. 사회인은 빨리 아름답게 쓸 수 있어야 한다. 그러기 위해서는 두말할 것 없이 실천이 필요하다.

지금도 늦지 않았다. 아름다운 글씨를 쓰는 습관을 몸에 익혀 두는 것이 좋다. 그렇게 하면 신분이 높은 사람에게 편지를 쓸 일이 생겼을 때도 글씨와 같은 사소한 것에 걱정을 하지 않고 내용에만 정신을 집중시킬 수 있다.

젊었을 때의 수업이 부족했기 때문에, 유사시에 큰일을 치를 능력이 없어져서 사람들의 비웃음을 산 남자가 있다. 이 인물을 사람들은 '작은 일에 있어서 늘 대범한 자, 큰일에 있어서는 소심한 자'라고 불렀다고 한다. 큰일에 대처해야 할 마음을 빼앗겼기 때문이다.

너는 지금 작은 일에 대처하는 시기에 있고 또 그런 지위에 있다. 지금은 작은 일을 잘 마무리짓는 습관을 몸에 익혀 두는 것이 좋다. 머지않아 너에게 큰 일이 맡겨질 때가 올 것이다. 그 때 작은 일에 걱정을 하는 소심한 자가 되지 않도록 지금부터 미리 준비를 해 두어야 한다.

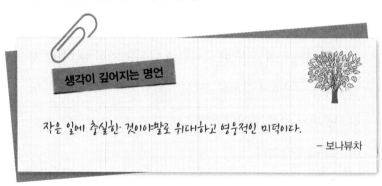

생각이 깊어지는 명언

작은 일에 충실한 것이야말로 위대하고 영웅적인 미덕이다.

ㅡ 보나뷰차